Peter Studer
Die Tote vom Claraplatz

Weitere Kriminalromane von Peter Studer:
Rätselhaftes Duell in Basel
Raben lässt man fliegen
Es begann in Basel (vergriffen)

Satz und Druck: Basler Zeitung
Printed in Switzerland
Foto Titelbild: Felix Heiber
ISBN 3-85815-243-9

Peter Studer

Die Tote vom Claraplatz

Kriminalroman

Buchverlag Basler Zeitung

Liste der wichtigsten Personen

Polizeidirektor	Harzenmoser
Kriminalkommissar	Max Affolter
Polizeiassistentinnen	Claudia Denner und Daniela Müller
Detektive	Emil Klötzli und Paul Märki
Die tote Goldschmiedin	Ursula Vogt, Gattin des Peter Vogt
Goldschmiedinnen	Alice Christen und Chantal Tomasetti
Goldschmiede	Eduard Mathys, Gatte von Denise und Vater von Adrien Adam Daum Hans Gasser Werner Abt
Schillernde Figur	Hugo Ledermann
Rechtsanwältin	Dr. iur. Doris Jäggi

INHALTSVERZEICHNIS

I. Ein Telefonanruf wirft Fragen auf

Das Telefon erklang melodiös. Es war das akustische Kennzeichen für einen auswärtigen Anruf. Kriminalkommissar Max Affolter, der noch zu später Stunde pfeifenrauchend und ins Nachsinnen vertieft am Arbeitstisch in seinem Büro im Spiegelhof sass, blickte, wie erlöst, kurz auf die Uhr. – «Endlich», murmelte er halblaut vor sich hin. Dann betätigte er die mit einem Mikrofon gekoppelte Lautsprechertaste seines Tischtelefonapparates, damit er den Anruf freisprechend beantworten konnte.

«Kriminalkommissariat Basel-Stadt, Max Affolter, guten Abend.» – Der späte Anrufer aus dem Gerichtsmedizinischen Institut schien ihn gut zu kennen. – «Hallo, Max, heute hast du aber lange warten müssen, gelt? Doch höre: Frau Ursula Vogt ist, wie wir jetzt wissen, eindeutig an ihren Unfallverletzungen gestorben. Du kannst beruhigt sein, Max. Es liegen keine postmortalen Einwirkungen vor! Mit Bestimmtheit wurde diesesmal keine Leiche überfahren.» – «Danke dir, Kurt, für deinen prompten Anruf! Gibt es sonst noch etwas Bemerkenswertes, das ihr herausgefunden habt?» – «Nein, eigentlich nicht; abgesehen von der Tatsache, dass die schweren innern Verletzungen und eine teilweise Ablederung, weisst, das Abreissen der Lederhaut von der Unterlage, typisch sind für einen derartigen Unfall! Es darf somit als erwiesen angesehen werden, dass die Frau von einem stark gebremsten, ja fast blockierten Rad überrollt worden ist, als sie schon auf dem Boden lag. Das Opfer war übrigens absolut nüchtern. Ferner konnten wir keine Spuren finden, welche einen Verdacht auf die Einnahme eines Beruhigungs- oder Betäubungsmittels erregt hätten. Auch eine Vergiftung der jungen Frau haben wir durch unsere Untersuchungen eindeutig ausgeschlossen. Es liegt somit an dir, Max, herauszufinden, ob Frau Vogt ohne fremdes Zutun vor den BVB-Bus gestürzt ist oder ob sie von jemandem gestossen wurde.»

Der Kommissar bedankte sich bei seinem Anrufer nochmals für diesen Vorbescheid über das Resultat der gerichtsmedizinischen Untersuchung der Leiche von Frau Ursula Vogt. Der offizielle Bericht mit den Ergebnissen der Obduktion würde nichts wesentlich Neues enthalten. Max Affolter wusste um die diesbezügliche Zuverlässigkeit seines Anrufers aus dem Gerichtsmedizinischen Institut schon seit vielen Jahren.

Er machte daraufhin eine entsprechende Telefonnotiz: Freitag, 28. Februar 1992, 22.30 Uhr. Anruf usw. – Er war zufrieden mit dieser forensischen Klarstellung der Todesart. Frau Vogt war demnach an den Verletzungen durch Überfahren gestorben, und zwar sofort und am Unfallort, wie er wusste. War es nun ein Unfall und folglich ein für die Kriminalpolizei natürlicher Tod gewesen? War es ein kaschierter Selbstmord oder eventuell gar ein Mord gewesen? Diese Fragen galt es nun zu klären! Für heute konnte er seine Arbeit beenden und den kurzen Heimweg vom Spiegelhof, dem Hauptquartier der Basler Polizei, zu seiner Wohnung am Totengässlein 1 antreten. Morgen wollte er dann mit seinem Chef, dem Polizeidirektor Harzenmoser, das weitere Vorgehen im Falle «Ursula Vogt» besprechen.

Kommissar Max Affolter war ein äusserst gewiegter Kriminalbeamter. All die vielen Jahre im Dienste der Basler Polizei hatten ihn in weiten Kreisen als graue Eminenz für das Lösen komplizierter Kriminalfälle bekannt gemacht. Für ihn stand der Mensch ganz im Zentrum seines Handelns. Manch einer war im nachhinein einem gütigen Schicksal zutiefst dankbar, dass sein Lebensweg sich mit dem Affolters einmal gekreuzt hatte! Durch seine vorbildliche Haltung und seine Omnipräsenz in heiklen Situationen hatte er das Vertrauen seiner Mitarbeiterinnen und Mitarbeiter gewonnen, so dass es für diese keine Frage war, sich auch für ihn, ihren Chef, voll und ganz einzusetzen.

Max Affolter hatte natürlich auch seine Gegner. Dies waren zum Teil echte, zum Teil vermeintliche, wie sie jedem von uns beschieden sind, sofern er oder sie nicht – dank einem methusalemschen Alter – fast alle seine oder ihre Widersacher und Gegenspieler überlebt hat! Irgendwie charakteristisch für den Kommissar waren seine meist ins Schwarze treffenden Bemerkungen der Umwelt gegenüber. Dieses zwar nicht gerade diplomatische Verhalten schützte ihn weitgehend vor den bittern Enttäuschungen, hervorgerufen durch ein falsches Einschätzen der eigenen Akzeptanz bei den listig heuchelnden Mitmenschen. Es verschonte ihn ebenso vor irrationalen und lähmenden Schuldgefühlen, welche oft diejenigen heimsuchen, die niemandem zu nahe treten wollen. Sein Boss, Polizeidirektor Harzenmoser, war von einer ganz anderen Persönlichkeitsstruktur, wie einige Leser sicher von den Aufklärungen früherer Kriminalfälle her schon wissen.

In der Morgenfrühe des nächsten Tages, also am Samstag, dem 29. Februar, erwachte Max Affolter aus einem schweren Traume. Mit Mühe versuchte er, sich das Geträumte wieder in Erinnerung zu rufen. Es gelang ihm nur mangelhaft. Beim gemeinsamen Frühstück erzählte er seiner Gattin, dass er in der vergangenen Nacht etwas von einer Spinne geträumt habe. Was, wisse er nicht mehr. – «Max, dies bedeutet ein Gefahrensignal! Der Volksmund verbindet Spinnen mit weiblichen Intrigen, um einen Mann ins Garn zu locken. Die kalte, berechnende Natur einer richtig bösen Frau, einer Art Hexe, ist damit gemeint! Gib heute gut acht auf dich!» – «Jetzt kommt mir wieder in den Sinn, dass ich in der Schulzeit von unserem Biologielehrer, Hans Schäfer, gehört habe, dass bei den Spinnentieren das Weibchen nach der Begattung das Männchen als Leckerbissen verspeist.» – Beide Affolters mussten herzlich lachen. Sie genossen ihr reichhaltiges Frühstück wie zwei richtige Schlemmer. Oder war diese Freude am gemütlichen Morgenimbiss nur Ausdruck des Bewusstseins, dass sie Kräfte für den beginnenden Tag sammeln mussten?

Kurz vor acht Uhr war der Kommissar schon wieder in seinem Büro im Spiegelhof. Auch Fräulein Susi Höfler, seine treue langjährige Sekretärin, war an diesem Samstagmorgen zur Arbeit gekommen. Sie hatte ihrem Chef den eben fertiggestellten Bericht der Unfallgruppe betreffend den gestrigen, tödlich verlaufenen Verkehrsunfall von Frau Ursula Vogt bereitgelegt. Im übrigen hatte sie dem Kommissar versichert, dass sie ihn von allen Anrufern und eventuellen Besuchern mit Ausnahme von

Herrn Harzenmoser abschirmen werde, so dass er in aller Ruhe die mit zahlreichen Fotos und Skizzen illustrierten Akten studieren könne. Der Kommissar schätzte dieses Ungestörtsein beim Aktenstudium ausserordentlich. Auf diese Weise konnte er sich derart in den Fall vertiefen, dass er die ganze übrige Welt für kurze Zeit total vergass.

Mit beinahe feierlichem Zermoniell entzündete er eine seiner Lieblingspfeifen. Genau war es diesesmal die Mastro-de-Paja-Pfeife, welche er 1986 – wie sich einige Leser bestimmt noch erinnern werden – von dem ihm eigentlich feindlich gesinnten Georg Urs Hänggi als wundervolles Geschenk erhalten hatte.

Max Affolter verspürte immer wieder ein kaum beschreibbares Grauen, wenn er an den Fall «Vater Hänggi und Zwillingssöhne» zurückdachte. Doch nun begann er, seine Pfeife geniessend, den Polizeibericht der Unfallgruppe laut vor sich hin zu lesen. Zwischendurch legte er ganz sporadisch unterschiedlich lange Pausen ein. Dies tat er bestimmt nicht nur, um sich die eine oder andere Foto näher anzuschauen oder gar seine Pfeife am Glimmen zu halten!

Gegen halb zehn Uhr – seine Pfeife war jetzt zu Ende geraucht – gönnte er sich eine längere Pause, während welcher er, fast wie ein ruheloser Gefangener in der Zelle, in seinem Büro hin- und herschritt. Dies nicht unähnlich einem Löwen im Zolli, welcher auf die tägliche, zeitlich festgelegte Fütterung harrte. – Was hatte er wohl in Aussicht stehen? Plötzlich setzte er sich an seinen Arbeitstisch. Dann begann er leidenschaftlich zu schreiben. Als er wie ein Besessener etwa zehn Seiten geschrieben hatte, belohnte er sich, quasi von einem Stress erlöst, mit einer neuen Pfeife. Geniesserisch wie ein erfahrener Lehrer fing er an, seine Notizen mit einem Rotstift zu kommentieren, zu kürzen oder ganz anders zu gruppieren. Wie ein Künstler sein Werk, so betrachtete er voller Befriedigung sein schulmeisterlich malträtiertes Manuskript. Hätte er seiner Zeit gemäss die Gedanken mit Hilfe eines Personal-Computers niedergeschrieben und anschliessend korrigiert, so wäre ihm vor lauter Perfektion dieses Empfinden entgangen. Schliesslich fasste er sein Geschreibsel auf einer einzigen Seite zusammen. Alle restlichen Papiere übergab er fast gleichgültig dem Papierwolf. Kommissar Max Affolter hatte nun auf dieser einen Seite einen Basisplan zur Abklärung des Falles «Ursula Vogt» aufgestellt. Einen Plan, den ausser ihm kaum jemand – abgesehen von ein paar ganz erfolgreichen, stets undurchschaubaren Wirtschaftsführern – hätte aufstellen können, derart unorthodox ausgeklügelt war er. Im besten Teamwork wäre dies in so kurzer Zeit nie möglich gewesen. Affolter hatte geradezu einen sechsten Sinn, wenn es darum ging, sich realistisch in einen echten oder möglichen Kriminalfall hineinzudenken. In seinem Vorstellungsvermögen spielte er sowohl die Rolle des Opfers wie auch diejenige eines mutmasslichen Täters in x-beliebigen Varianten durch. Er ging dabei so weit, dass er beide Seiten jeweils die geplante Absicht wissen liess, ähnlich einer Schachpartie, wo in gewissen Fällen auch beste Voraussicht über einige Züge doch nicht mehr vor dem unvermeidlichen Schachmatt schützen konnte.

Nun telefonierte er seinem Chef, dem Polizeidirektor Harzenmoser. Er wollte mit diesem wie geplant das weitere Vorgehen in der Angelegenheit «Ursula Vogt» besprechen. Der Polizeidirektor hatte diesen Anruf irgendwie erwartet. Denn auch er hatte gewisse brisante Informationen zu diesem Falle erhalten! – Er versprach, sofort in Kommissar Affolters Büro zu kommen. Sie hätten so die bisherigen Akten gleich zur Verfügung stehen, falls sich dies als nötig erweisen sollte.

Bald darauf sassen sich die beiden am kleinen Besuchertisch in Max Affolters Büro gegenüber. Der Kommissar schilderte seinem Chef den Unfallhergang gemäss den Akten der Unfallgruppe. «Frau Vogt wurde von einem Trolleybus der BVB-Linie 31 am Claraplatz überfahren. – Die Verunglückte war sofort tot. – Die Unfallstelle ist das dortige auf eine schmale Fahrspur kanalisierte Strassenstück, links flankierend abgegrenzt durch die Rückwand der gedeckten Tramhaltestelle, rechts eingeschränkt durch den auf die Abfahrt wartenden BVB-Bus der Linie 34.»

Der Kommissar machte während seiner Ausführungen die folgende Skizze zum besseren Verständnis.

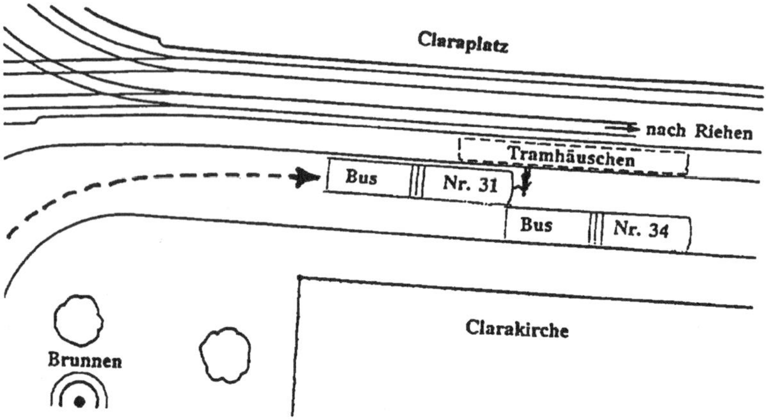

Er fuhr dann weiter: «Es muss auf eine nicht ausser acht zu lassende Tatsache hingewiesen werden: die Rückwand dieser Tramhaltestelle besteht aus den standardisierten Metallrahmen-Elementen mit eingesetzter Glasscheibe. Diese Konstruktion erlaubt, durch Aneinanderreihen der Elemente jede gewünschte Tramhäuschenlänge auf einfachste Art zu bauen. Nun wurde kürzlich eine dieser Scheiben eingeschlagen und musste daraufhin aus Sicherheitsgründen entfernt werden, bevor Ersatz bereit war. Zum Zeitpunkt des Unfalls war folglich dieses Rückwandsegment scheibenlos. Wenn sich nun jemand, ohne dies zu beachten, aus Bequemlichkeitsgründen an dieser Stelle an die vermeintliche gläserne Schutzwand anlehnen wollte, so stürzte er natürlich ins Leere. Weil der Metallrahmen dieser Konstruktion, vom Boden her gemessen, erst etwa auf einer Höhe von 40 Zentimetern beginnt, stolpert diese Person demzufolge mit Sicherheit rückwärts darüber. So ist es vorstellbar, dass Frau Ursula Vogt auf die Fahrbahn stürzen konnte.» – Dem Polizeidirektor schien diese Folgerung einleuchtend zu sein. – «Wenn man in Betracht zieht, dass die für den allgemeinen Verkehr praktisch eingeschränkte Fahrbahn werktags zu dieser Tageszeit nur alle sechs Minuten von einem Bus der Linie 31 befahren wird, während rechts davon der Bus der Linie 34 geparkt ist, so ist es unwahrscheinlich, dass Frau Vogt ohne fremdes Zutun gerade in dem Moment auf die Fahrbahn stürzte, als ein Bus nahte», fuhr der Kommissar weiter. «Man muss somit annehmen, dass jemand im richtig kalkulierten Zeitpunkt Frau Vogt durch dieses scheibenlose Rückwandelement vor den herannahenden Bus gestossen hat. Wie aber lässt sich in diesem Falle erklären, dass das Opfer ausgerechnet dort für einen solchen Anschlag bereitgestanden hat?» Affolter forschte im Gesichte des Polizeidirektors vergeblich nach einer einleuchtenden Erklärung. Statt dessen übergab dieser dem Kommissar ein mitgebrachtes Dokument: «Bitte, lesen Sie einmal das! Ich habe dieses Schreiben in meiner heutigen Post vorgefunden.» – Affolter nahm das Papier entgegen und überreichte seinem Chef gleichzeitig die gestrige Telefonnotiz betreffend den Autopsiebefund von Frau Vogt. Dann begann er das ihm ausgehändigte Dokument zu überfliegen.

Wie er sofort feststellen konnte, handelte es sich um ein Telefax, welches heute früh von einer Frau Dr. iur. Doris Jäggi an das Polizeikommando Basel-Stadt übermittelt worden war.

Der Kommissar las nun:

Betrifft: Todesfall von Frau Ursula Vogt

Sehr geehrte Damen und Herren

Auf Wunsch meiner gestern tödlich verunglückten Mandantin, Frau Ursula Vogt, möchte ich Ihnen mitteilen, dass sich Frau Vogt von einem ihrer Angestellten schon seit einiger Zeit bedroht gefühlt hatte.

Frau Vogt erwähnte mir gegenüber den Namen dieses Angestellten. Es handelt sich um den 59jährigen Herrn Eduard Mathys. Herr Mathys ist gelernter Goldschmied. Er ist wohnhaft an der Delsbergerallee 54 und arbeitet seit fast dreissig Jahren im ehemaligen Goldschmiedeatelier von Frau Vogts verstorbenem Gatten.

Frau Vogt, welche bis zu ihrem Tode zwei unabhängige Goldschmiedeateliers in unserer Stadt betrieben hatte, musste sich in den letzten Jahren von einigen – in ihren

Augen unfähigen – Mitarbeitern beruflich trennen oder diese mindestens funktionsmässig zurückstufen, z.B. Herrn Mathys. Dieser scheint jedoch für dieses aus marktwirtschaftlichen Gründen eigentlich selbstverständliche Bedürfnis absolut kein Verständnis zu haben. Er fühlte sich in seiner Existenz bedroht und zeigte deutliche Anzeichen eines unter Verfolgungswahn leidenden Psychopathen.
Frau Vogt wollte ihn auf Firmenkosten zu einem Psychiater in Behandlung schicken, doch Herr Mathys wehrte sich vehement gegen ein solches Ansinnen.
Von einer Kündigung des Arbeitsverhältnisses oder einer vorzeitigen Pensionierung ohne Invalidenrente hat meine Mandantin aus sozialen Gründen grosszügig abgesehen.
Frau Vogt beobachtete mit wachsender Besorgnis, wie sich das pathologische Verhalten von Herrn Eduard Mathys immer mehr und mehr steigerte. Trotzdem war sie bisher nicht bereit gewesen, die Polizei dahingehend zu informieren. Was ich hiermit getan habe.

Mit freundlichen Grüssen

gezeichnet Doris Jäggi

Kommissar Max Affolter reichte das Schriftstück seinem Chef zurück: «Dies ist sicher ein interessanter Hinweis auf ein mögliches Attentat auf Frau Vogt. Ich finde es nur irgendwie zu einfach präsentiert! Kaum 24 Stunden nach diesem angeblichen Attentat bekommen wir den Namen eines möglichen Täters, inklusive eines Motivs, nämlich ‹Rache eines Frustrierten›, praktisch ohne unser Zutun auf dem Präsentierteller geliefert!» – «Herr Affolter, zugegeben, auch ich habe Mühe, an eine so einfache Lösung eines Kriminalfalles, welcher übrigens erst noch als solcher bewiesen sein muss, zu glauben. Ich habe deswegen vorhin kurz mit der Rechtsanwältin telefoniert und ihr für die Zustellung dieser Mitteilung gedankt. Auf meine Fragen bezüglich der Mitarbeiter in den beiden von Frau Vogt geführten Ateliers hat sie mir bereitwillig und einigermassen erschöpfend – wie mir scheint – Auskunft gegeben. Ich habe das Telefongespräch auf dieser Kassette hier aufgezeichnet Sie können es sich dann später in aller Ruhe anhören – Was verlangen Sie zur Weiterbehandlung des Falles ‹Ursula Vogt› von mir?» – «Ausser genügend Zeit benötige ich im Moment nichts von Ihnen, Herr Polizeidirektor! Meine personellen Mittel erachte ich als mehr wie hinreichend. Doch geben Sie mir bis zur nächsten Berichterstattung an Sie etwa drei Wochen Zeit.» – Der Polizeidirektor war sofort einverstanden. Dies kam ihm sehr gelegen, denn er weilte ab kommendem Samstag für zwei Wochen in den Skiferien in Klosters. «Viel Glück beim Aufklären dieses Falles», verabschiedete sich der Polizeidirektor von seinem nicht nur dienstältesten, sondern auch ungewöhnlichsten Kommissar.

Sobald Affolter wieder alleine war, zündete er sich zufrieden eine neue Pfeife an. Der Fall «Ursula Vogt» begann ihn zu faszinieren! Er spielte sich das Bändchen mit dem Telefongespräch zwischen Polizeidirektor Harzenmoser und Frau Doris Jäggi ab. Jedesmal, wenn die Rechtsanwältin einen Namen erwähnte, stoppte er das Bändchen und schrieb diesen auf. Als er das ganze Tonband abgehört hatte, zählte er die namentlich aufgeschriebenen Mitarbeiterinnen und Mitarbeiter der beiden Goldschmiedeateliers von Frau Vogt zusammen. Er kam auf elf Namen. Eduard Mathys war einer dieser elf. Von einem allfälligen Stellvertreter von Frau Vogt war nichts erwähnt worden.

II. Was eine Hausdurchsuchung alles auslösen kann

Wie es nun weiterging, entsprach haargenau der ersten Phase des von Max Affolter eben aufgestellten Planes. – Er bat Fräulein Höfler, seine engsten Mitarbeiterinnen und Mitarbeiter zu einem ausserordentlichen Rapport für heute 13.30 Uhr aufzubieten. Für die Reservation eines Sitzungszimmers im Spiegelhof solle sie besorgt sein. Thema sei: Planung und Durchführung einer Hausdurchsuchung.

Kommissar Affolter selbst suchte im Telefonbuch nach der Nummer eines Eduard Mathys, wohnhaft an der Delsbergerallee 54. Als er die Nummer gewählt hatte, meldete sich Eduard Mathys selbst. «Guten Tag, Herr Mathys, hier spricht Kriminalkommissar Max Affolter. Es tut mir leid, dass ich Sie stören muss. Wie Sie bestimmt schon wissen, ist gestern morgen Ihre werte Chefin bei einem Verkehrsunfall tödlich verunglückt. Nun möchte die Polizei gerne noch heute nachmittag die nach dem Unfall sofort versiegelte Wohnung von Frau Ursula Vogt durchsuchen. Da bisher keine nahen Verwandten ausfindig gemacht werden konnten, möchten wir von der Polizei einen langjährigen treuen Mitarbeiter der Verstorbenen bei dieser Wohnungsdurchsuchung dabeihaben. Sie, Herr Mathys, wurden uns als dienstältester Mitarbeiter im Goldschmiedeatelier des vor drei Jahren verstorbenen Gatten von Frau Vogt genannt. Nun, Herr Mathys, dürften wir Sie in einem unserer neutralen Wagen heute nachmittag um 14.30 Uhr abholen lassen? – Gegen sechs Uhr abends werden Sie voraussichtlich wieder nach Hause gefahren werden. Für Ihre Dienste werden Sie mit einer Pauschalsumme von 300 Franken entschädigt.» – «Geht in Ordnung, Herr Kommissar!» – «Fein, dann sehen wir uns heute nachmittag», beendete dieser das Telefongespräch.

Um halb zwei Uhr war Kommissar Affolters engste Crew vollständig zu diesem ausserordentlichen Rapport erschienen.

Die beiden Polizeiassistentinnen Claudia Denner und Daniela Müller sowie Emil Klötzli und Paul Märki waren äusserst gespannt, was ihr Chef ihnen Wichtiges an diesem Samstagnachmittag mitzuteilen hatte. Der Kommissar begrüsste sie begeistert. Nach einem kurzen, aber warmen Dankeswort für ihr vollzähliges Erscheinen informierte er die Anwesenden über den Fall «Ursula Vogt» so, wie auch wir diesen bereits kennen. Er gab im weitern seine Absicht bekannt, heute nachmittag noch eine Hausdurchsuchung bei der tödlich verunglückten Frau Vogt durchzuführen. Er habe sie alle dazu aufgeboten, weil er auch den eines Anschlags auf Frau Vogt verdächtigten Herrn Mathys zu dieser Wohnungsdurchsuchung eingeladen habe. Er bat sie alle, diesen heute gut zu beobachten und sich Verdacht erregende Reaktionen zu merken und nach beendeter Hausdurchsuchung schriftlich festzuhalten. Am Montagnachmittag wollten sie dann eine gemeinsame Auswertung ihrer Beobachtungen und Mutmassungen vornehmen und versuchen, sich so ein Bild über Herrn Mathys zu machen. Er beendete den Rapport mit der Bitte, sich um 14.50 Uhr vor dem Hause von Frau Vogt zu treffen. Er selbst würde vorgängig Herrn Mathys abholen und zu diesem Zeitpunkt dorthin bringen.

Als Kommissar Affolter gegen halb drei Uhr von der Güterstrasse her in die Delsbergerallee einbog, gewahrte er vor der Einfahrt zur Carrosserie Dietrich einen etwa gleichaltrigen Mann, welcher offensichtlich, wie sein Blick auf die Armbanduhr verriet, auf sein Abgeholtwerden wartete. Dies musste bestimmt Herr Mathys sein! Als der Kommissar den Wagen anhielt, kam dieser Mann auch sofort auf ihn zu. «Mathys ist mein Name! Sie sind doch Kommissar Affolter, mit welchem ich heute morgen telefoniert habe?» – «Ja, ganz richtig, bitte steigen Sie ein, Herr Mathys! Es freut mich, dass Sie sich so spontan bereit erklärt haben, uns bei dieser Hausdurchsuchung als Nahestehender der so tragisch Verstorbenen zu begleiten. Eine bestens eingespielte Vierermannschaft von der Polizei wird uns beim Hause von Frau Vogt treffen. Mit deren Hilfe, glauben Sie mir, sollten wir unsere Aufgabe zeitlich gut bewältigen können.»

Dann beschrieb der Kommissar unaufgefordert – mit einer geradezu meisterhaften Eloquenz – die angeblichen Charaktere seiner so tüchtigen Mitarbeiterinnen und Mitarbeiter. Er sparte dabei keineswegs mit Lob. Erstaunlicherweise gelang es ihm auf diese Weise, seinen anfänglich etwas wortkargen Mitfahrer aufzutauen und wenigstens scheinbar dessen Vertrauen zu gewinnen.

Als er pünktlich, wie vereinbart, seinen Wagen vor dem Hause von Frau Vogt parkierte, sah er, dass sie beide von den übrigen schon erwartet wurden. Nach einer kurzen, formellen Begrüssung und gegenseitigem Vorstellen entfernte Paul Märki das noch unversehrte Siegel von der Haustüre. Dann öffnete er diese mit einem passenden Schlüssel, den man in einem Schlüsseletui in der Handtasche der tödlich verunfallten Frau Ursula Vogt gefunden hatte.

Die sechs Personen betraten nun das herrschaftliche Einfamilienhaus. Paul Märki leerte auch noch den Briefkasten. Er fand nur die heutige Tageszeitung darin vor. Beim raschen Durchblättern dieser Zeitung stiess er auf der Seite Basel-Stadt auf einen Bericht, den er unaufgefordert vorzulesen begann:

Frau von BVB-Bus erfasst: tot.
Basel. Tödlich verletzt wurde am Freitagmorgen auf dem Claraplatz die 30jährige Frau Ursula Vogt, Inhaberin zweier bekannter Goldschmiedeateliers. Die Frau war durch ein zurzeit scheibenloses Rückwandelement des dortigen Tramhäuschens auf die Fahrbahn eines herannahenden BVB-Busses der Linie 31 gestürzt. Wie von der Polizei zu vernehmen war, konnte – trotz Vollbremsung, so die Polizei – der BVB-Chauffeur nicht mehr verhindern, dass die auf der Fahrbahn liegende Frau überfahren wurde und noch auf der Unfallstelle verschied.
Zur genauen Unfallabklärung werden allfällige Augenzeugen gebeten, sich mit dem Polizeikommando Basel-Stadt in Verbindung zu setzen.

Vier der fünf Zuhörer beobachteten, ohne sich dabei etwas anmerken zu lassen, den fünften Zuhörer, für den diese Schau eigentlich aufgezogen worden war. «Es ist schon schrecklich traurig, so jung und lebensfroh plötzlich sterben zu müssen! Frau Vogt war immer so heiter und aufmunternd ihrer Umgebung gegenüber gewesen», liess sich gerade dieser vernehmen. Alle wussten, dass Herr Mathys jetzt brandschwarz gelogen hatte! «Herr Mathys, im Gegensatz zu dem, was Sie uns eben sagten, haben wir in den letzten Stunden ein anderes Bild von der Verstorbenen gewonnen. Sie wurde uns von allen bisher Befragten als ein menschliches Ekel geschildert. Frau Vogt muss mit ihrer selbstherrlichen, mitleidlosen, menschenverachtenden und grausam tyrannischen Art bestimmt viele Feinde gehabt haben, offene und versteckte. Übereinstimmend wurde uns mitgeteilt, dass sie es niemals duldete, dass jemand ihr widersprach, auch wenn dieser Jemand eine objektiv und allgemein anerkannte Tatsache vertrat», bluffte der Kommissar, eigentlich ganz gegen seine Art. Aber hier hatte er es mit einem Verdächtigen zu tun. – Herr Mathys jedoch reagierte nicht! Er blieb teilnahmslos, als ob er Affolters Worte gar nicht zur Kenntnis genommen hätte. Seine vertrauensvoll auf den Kommissar blickenden blauen Augen zeigten kein verdächtiges Zeichen. Auch der symmetrische, von der Gesichtsmitte von Braun zu Grau sich wandelnde Schnurrbart und ebenso der Kinnbart verrieten kein Zucken der halbverborgenen Mundwinkel. Schien Herr Mathys eine Falle zu wittern? Hatte er gar erraten, dass die Zeitung nur seinetwegen kurz zuvor in den Briefkasten gesteckt worden war? War dieses Verhalten die Reaktion eines unter Verfolgungswahn leidenden Psychopathen? Oder war Eduard Mathys ein begnadeter Schauspieler? So oder ähnlich sinnierte momentan nicht nur unser Kommissar.

Wie vereinbart begannen die Angehörigen der Basler Kriminalpolizei jetzt mit der minuziösen Durchsuchung der Villa. Dies war wahrlich ein würdiger Name für den wundervollen Wohnsitz in Riehen. Die einzelnen Zimmer mit den kostbaren Seidentapeten präsentierten sich den durchsuchenden Beamten wie eine exquisite Wohnausstellung unmittelbar vor der Vernissage. Es herrschte in allen Räumen eine geradezu beängstigende Ordnung! Eine Feldweibelschule hätte eine Inspektion ihrer Unterkunft nicht besser vorbereiten können. Nur war hier, im Gegensatz zu jener funktionell reglementierten Ordnung, mit reichem Blumenschmuck und Früchteschalen-Arrangements nicht gespart worden. Passende Blumensträusse von Rosen und von mit Freesien garnierten Gerbera wie auch einzelne Orchideenblüten verzauberten die Atmosphäre dieser «Wohnausstellung». Wenn man sich vergegenwärtigte, dass die glückliche Besitzerin gestern früh, nichts Böses ahnend, ihr wunderschönes Zuhause für immer verlassen hatte, lief es einem eiskalt den Rücken hinunter. «Mitten im Leben sind wir vom Tode umgeben.» Dieses im allgemeinen verdrängte Basiswissen aller Menschen wurde den Anwesenden mehr oder weniger deutlich bewusst.

Die Wohnung bot wirklich ein ganz und gar ungewöhnliches Bild von extremer Ordnungsliebe. In den Schubladen, den Schrankfächern und in den Kleiderkästen präsentierte sich diese Superordnung, als wäre sie ein Computerschaubild und nicht Realität. Dieser Effekt hätte einen diesbezüglich fast krankhaft geprägten, langjährigen Laboranten in einem Qualitätskontrollabor der Basler Chemie sogar noch beeindruckt, geschweige denn unsere an alles, aber auch alles gewohnten Stadtbewohner. Kaum eine Zeitung oder ein Journal lag irgendwo herum. Im Schlafzimmer war das Bett gemacht und mit einem kostbaren Satin-Bettüberwurf bedeckt.

Eduard Mathys, der an die Ordnung in seiner Wohnung denken musste, konnte sich nicht mehr zurückhalten: «So eine sterile Wohnung habe ich meiner Lebtage noch nie gesehen! Solange mein verstorbener Chef, also der Gatte von Frau Vogt, noch hier gewohnt hat, da waren wir als seine Mitarbeiter oft bei ihm zu Gast gewesen. Damals hatte diese Wohnung noch ein persönliches Cachet ausgestrahlt und ein nicht zu beschreibendes Wohlbehagen bei allen Besuchern ausgelöst. Wir fühlten uns wie zu Hause und waren mächtig stolz, für einen solchen Patron arbeiten zu dürfen. Die prächtigen Bilder, Teppiche, Vorhänge und all das Mobiliar mit den vielen, mit grosser Liebe und augenfälligem Schönheitssinn aufgestellten Schmuckgegenständen erfüllten uns Goldschmiede immer wieder mit Freude. Doch dies hier ist eine Wohnausstellung.» – Alle waren sich wenigstens dahingehend einig, dass sie eine derartige Bilderbuchordnung in der Realität noch nie zu Gesicht bekommen hatten. Wenn man den durchschnittlichen Ordnungssinn als normal wertete, so war diese Ordnung direkt naturwidrig und mit gar nichts vergleichbar.

Ein grossartiger Scherenschnitt aus schwarzem Papier auf weissem Hintergrund von Walter von Gunten, einem Amerikaschweizer, erregte allgemeine Aufmerksamkeit. Eduard Mathys wusste, dass dieser Künstler in seiner Jugend in der Schweiz Goldschmied gelernt hatte. Dieser Scherenschnitt hier, der einen Eisvogel im Geäst eines Baumes eine leckere Beute erspähend darstellte, war von einer unglaublichen Feinheit gearbeitet. – Herr Mathys machte den übrigen klar, dass Scherenschnitte dieses in Amerika sehr bekannten Schweizer Künstlers im Art Museum von Milwaukee und noch weiteren Kunstmuseen in den USA ausgestellt seien. Dabei hängte er den gediegen gerahmten Scherenschnitt ab, um ihn am hellen Tageslicht eines Fensters den übrigen Betrachtern besser zeigen zu können. Alle mussten bewundernd zugeben, so etwas, fast an die extreme Feinheit chinesischer Schnitzereien erinnernd, noch nie zuvor gesehen zu haben. Plötzlich meinte Claudia Denner: «Was ist denn das hier? Seht doch, auf der Rückseite findet sich nochmals ein gerahmtes Bild!»

Eduard Mathys legte daraufhin, ganz überrascht, den Scherenschnitt mit der Rückseite nach oben auf einen nahen Tisch. Alle blickten auf das Bild, welches sie jetzt zu sehen bekamen. Es stellte ein riesiges Spinnennetz dar. In der Mitte desselben thronte eine unheimlich garstige Spinne mit ... ja mit einem menschlichen Gesicht. Es war das Gesicht der gestern morgen tödlich verunglückten Ursula Vogt! Auf einmal herrschte absolute Stille. Jeder glaubte den eigenen Herzschlag hören zu können. Wie ein Blitz aus heiterem Himmel traf alle ein leidenschaftlicher Aufschrei von Herrn Mathys: «Das gibt es doch nicht! Nein, nein, so etwas ist ungeheuerlich! Das darf doch nicht wahr sein!» – Kommissar Max Affolter hatte als erster erfasst, worauf der ereiferte Herr Mathys anspielte. Jedermann gewahrte nun in diesem riesigen, mit wunderbar ordnender Symmetrie gezeichneten Spinnennetz einzelne gefangene Insekten mit unverkennbar menschlichen Köpfen. Eines dieser tödlich umgarnten Beutetiere trug die Gesichtszüge von Eduard Mathys!

Der Kommissar musste unwillkürlich an seinen beängstigenden Traum von gestern nacht denken. Hatte sein Unterbewusstsein ihm hier einen Tip für irgend etwas besonders zu Beachtendes zugespielt? Für einen kurzen Moment vergass er seine Umgebung. – «Dieser hier ist ja Adam Daum! Und der da ist wahrhaftig Werner Abt! Beide sind ehemalige Arbeitskollegen vom Atelier Vogt», deutete Eduard Mathys zwei weitere identifizierte Gesichter im abgebildeten Spinnennetz. – «Schaut alle mal hierher! Diese ‹Mücke› mit dem aristokratisch wirkenden Gesicht muss bestimmt Herrn Peter Vogt, meinen ehemaligen Patron, darstellen. Wie er die Zigarre mit Daumen, Zeige- und Mittelfinger knapp vor dem Mund hält, während er geniesserisch den Rauch ausbläst, ist ganz typisch für ihn!» Mit diesem Kommentar wurde Kommissar Affolter wie elektrisiert aus seinem tiefen Nachsinnen aufgeweckt und in die Gegenwart zurückgerufen.

«Herr Mathys, erkennen Sie auf diesem Bild noch weitere Personen?» forschte nun der wissbegierige Kommissar gespannt. – «Ja, auch diese Gesichter hier sind mir bekannt», dabei zeigte er auf die beiden letzten noch nicht identifizierten Köpfe. «Dies hier sind Abbildungen der Antlitze von Goldschmiedinnen, welche einst in Frau Vogts zweitem Atelier gearbeitet haben. Die Namen, ja, die Namen ... wie lauten diese nur wieder? Im Moment sind sie mir entfallen. Das kann in meinem Alter vorkommen! Halt, jetzt erinnere ich mich wieder an die Namen dieser beiden Schönen. Dieses Gesicht hier zeigt Chantal, genauer Chantal Tomasetti, und das andere lässt mich Alice Christen erkennen.»

Alle Anwesenden der Kriminalpolizei registrierten synchron, dass von diesen Personen zurzeit einzig Eduard Mathys noch in einem Goldschmiedeatelier von Frau Vogt tätig war. Die Liste mit den von Dr. iur. Doris Jäggi genannten Angestellten war ja allen präsent. Was hatte dies zu bedeuten? – Wer war der Schöpfer dieses Bildes? – Wer hatte das Bild gerahmt? – Diese und noch viele weitere Fragen geisterten zusammenhangslos in den fünf Fahnderköpfen. Was dachte Herr Mathys wohl bezüglich dieses Bildes? Er hatte Frau Vogt doch gut gekannt!

Es war Daniela Müller, welche versuchte, mit einer Winkelriedrolle einen Fortgang aus dieser Quasi-Patt-Situation zu erzwingen. «Herr Mathys, was könnte dieses Bild bedeuten? Standen die hier abgebildeten Personen in einem besonderen Verhältnis zu Frau Vogt? Gibt es vielleicht gemeinsame Wesenszüge, welche die hier Abgebildeten auszeichnen?» – Jedermann war jetzt gespannt, wie sich Herr Mathys in diesem psychologischen Fangnetz behaupten werde. – Eduard Mathys' lakonische Antwort war ganz einfach die: «Ich habe keine Ahnung! Gerne würde ich Ihnen helfen und Ihnen alles sagen, was mir in den Sinn kommt, aber leider kommt mir nichts in den Sinn!» – War dies wieder einmal ein Musterbeispiel für die Anwendungstaktik der «sprichwörtlichen Ehrlichkeit»? Jenes jedermann bekannte «Offen und ehrlich gesagt», welches der echten Lebenserfahrung meistens ins Gesicht schlägt, höflich zwar, aber keineswegs weniger brutal, als dies eine offene Ohrfeige tun könnte? Die in ihrer Gutmütigkeit geprellten Opfer registrierten ihre Situation oft erst dann, wenn ihnen – bildlich gesprochen – die schwarze Kapuze auf dem Schafott über den Kopf gezogen wurde. War dieser angeblich unter Verfolgungswahn leidende Eduard Mathys ein solcher Meister der Verstellungskunst? Im Herzen oder, zeitgemäss ausgedrückt, im Bauche wollte dies niemand von den hier Anwesenden für glaubhaft halten. Aber neben dem Herzen oder Bauche gab es noch den Kopf! Köpfchen musste man haben! Das hatte eine jede und ein jeder schon in der Schule gelernt.

Für die Leser mag es interessant sein, dass die weitere Hausdurchsuchung, abgesehen von zwei im folgenden noch kurz erwähnten Einzelheiten, routinemässig und ohne direkten Aufklärungserfolg verlief. Nun zu diesen zwei angedeuteten Begebenheiten. In einem Vorraum im obern Stockwerk stand eine besonders kunstfertig gearbeitete, schwere Eisenkassette mit einem komplizierten, die ganze Deckelunterseite ausfüllenden Schlossmechanismus mit zahlreichen Riegeln.

Paul Märki, der ein besonderes Flair zum Öffnen von Schlössern von frühester Jugend auf entwickelt hatte, versuchte mit dem danebenhängenden Dreipasshohldornschlüssel diese Kassette zu öffnen. Er konnte mit seinem Hantieren – wenn man das so nennen darf – nur einen melodischen Klingelalarm auslösen. Diesen Alarm abzustellen gelang ihm allerdings nicht mehr. Alle besammelten sich nun bei der eigenartigen Lärmquelle. Eduard Mathys erkannte auf den ersten Blick, dass es sich bei dieser feinziselierten Kassette um eine Nürnberger Truhe handelte. – Unglaublicherweise gelang es ihm schon nach kurzer Zeit, diese eiserne Truhe mit demselben Schlüssel zu öffnen, mit welchem Paul Märki nur den akustischen Alarm hatte auslösen können.

Kommissar Affolter sprach daraufhin gegenüber Eduard Mathys seine uneingeschränkte Bewunderung aus. Dieser erklärte bescheiden, dass er schon viele derartige Truhenschlösser geöffnet habe. Es mache ihm jeweils grossen Spass! Er habe zu Hause eine kleine Sammlung von schmiedeeisernen Schlössern und den dazugehörenden Schlüsseln. Aus langjähriger Erfahrung habe er viele Tricks, welche die Erbauer solcher Truhenschlösser angebracht hätten, kennengelernt. – Eduard Mathys zeigte Paul Märki, dass er an Hand der Gebrauchsspuren am Schaft dieses Truhenschlüssels erkannt habe, dass der Schlüssel viel tiefer in das Schloss hineingesteckt werden musste, wollte man dieses durch Drehen des Schlüssels öffnen und nicht nur den Klingelalarm auslösen. Das tiefere Einführen des Schlüssels war durch eine Metallplatte im Innern des Deckels blockiert. Diese Metallplatte liess sich verschieben, wenn man einen schmiedeeisernen Truhenbeschlag entsprechend verschob. In dieser Stellung liess sich die Truhe mit dem Schlüssel mühelos öffnen. Der Klingelalarm – gegen allzu neugierige Dienstboten ersonnen – wurde dadurch automatisch abgestellt. Paul Märki empfand sofort Sympathie für diesen Herrn Mathys.

In der Truhe fand sich in verschiedenen kleinen Kassetten ein unschätzbarer Schatz von Edelsteinen und kostbarem Silber- und Goldschmuck. Das Auge eines jeden denkbaren Betrachters, vom Maharadscha bis zum Diebe, hätte kein grösseres Erstaunen ausdrücken können.

Das andere, speziell erwähnenswert scheinende Vorkommnis hatte wiederum mit Eduard Mathys zu tun. Im nachhinein gesehen war es wirklich ein Glücksfall, dass Kommissar Affolter diesen als beobachteten Beobachter zur Hausdurchsuchung eingeladen hatte.

Im mustergültig aufgeräumten Arbeitszimmer der verstorbenen Hausherrin waren die Beamten auf einen Personal-Computer gestossen. Die neugierige Claudia Denner schaltete diesen ein. Vergeblich versuchte sie Zugriff zu einer Computerdatei zu bekommen. Letztere waren offenbar mit einem persönlichen Passwort geschützt. Vom denkbar wahrscheinlichsten Codewort «URSULA» angefangen, hatte Claudia Denner zahlreiche, ihr spontan eingefallene mögliche Codewörter mit geradezu männlicher Hartnäckigkeit ergebnislos eingetippt. Viermal musste sie den Computer aus- und wieder einschalten, um mit ihrem Experimentieren weiterfahren zu können. Denn nach einigen jeweils mit einem falschen Codewort unternommenen Knackversuchen verweigerte der Computer jegliche Kommunikation. Dies tat er ganz ähnlich einem Bancomaten, welcher – nach mehrmaligem Eintippen eines falschen Zahlencodes – ebenfalls seinen Dienst verweigert und sogar die eingeführte Bancomatkarte zurückbehält.

Da unterdessen die Hausdurchsuchung praktisch beendet war, besammelten sich nach und nach alle vor diesem Personal-Computer. Man neckte Claudia Denner und war trotzdem gespannt, ob es ihr gelingen würde, den Code zu knacken und Zugang zu den gespeicherten Computerdaten zu gewinnen. – «Welches Codewort würden Sie für einen Knackversuch vorschlagen, Herr Mathys?» fragte der Kommissar. – «HELGO-

LAND», meinte dieser. Ursula war ja die Patronin von Helgoland. Allerdings wusste das niemand der übrigen Anwesenden. Claudia Denner tippte also brav «HELGOLAND» ein. Am Bildschirm geschah nichts. Überraschenderweise tippte nun Herr Mathys selbst blitzschnell ein anderes Codewort ein. Er hatte damit Erfolg! Das Computerschlüsselwort war geknackt! «Donnerwetter, Herr Mathys, mein grösstes Kompliment! Das haben Sie grossartig gemacht», lobte der Kommissar. – Erwähnenswert ist dabei vielleicht die Tatsache, dass niemand Herrn Mathys nach diesem Codewort fragte.

Kommissar Max Affolter schaute kurz auf die Uhr und schlug vor: «Herr Mathys, wie wäre es, wenn wir jetzt aufbrechen würden? Unsere Arbeit ist zum Glück beendet. Ich werde Sie jetzt, wie abgemacht, nach Hause fahren.» Die beiden verliessen als erste die Vogtsche Wohnung, diesen Schauplatz einer geheimnisvollen Musterordnung.

III. Ein Verdacht erhärtet sich

Die vier Zurückgebliebenen versuchten nun, das von Herrn Mathys eingetippte Codewort zu rekonstruieren. Sie wussten, dass es ihrem Chef gelungen sein musste, mitzubekommen, welches Codewort Eduard Mathys eingetippt hatte. Anderweitig hätte Max Affolter unbedingt nach dem Schlüsselwort gefragt! Dank ihrer geschulten Beobachtungsgabe gelang es ihnen, im Teamwork dieses Wort herauszufinden. Sie freuten sich diebisch darüber. Das geheimnisvolle Passwort lautete: «GOLDREGEN». Wie nur hatte Eduard Mathys dies erraten können?

Unterdessen hatte der Kommissar Herrn Mathys heimgeführt und war daraufhin unverzüglich in die Polizeigarage im Spiegelhof zurückgefahren. Mit seinen Gedanken war er jetzt schon beim gemütlichen Nachtessen zusammen mit seiner lieben Frau. Während er die längst ersehnte Pfeife anzündete, liess er sich nochmals die Geschehnisse des heutigen Tages durch den Kopf gehen. Eine dermassen pedantisch aufgeräumte Wohnung hatte er bisher noch nie zu Gesicht bekommen. Er schloss daraus, dass Frau Vogt eine ganz aussergewöhnliche Frau gewesen sein musste. Sicher war es für einen Ehemann auf die Dauer ein unerträglicher Zustand, die Wünsche einer derart ordnungsliebenden Frau zu erfüllen. – Waren Frau Vogts Goldschmiedeateliers auch solche Horte einer gnadenlosen Ordnung?

Im Arbeitszimmer in der Vogtschen Villa in Riehen brannte immer noch Licht. Ein Waldkauz liess ab und zu sein heulendes «Huu-hu-uuuu» ertönen. Claudia Denner, Daniela Müller, Paul Märki und Emil Klötzli waren dermassen in einen Meinungsaustausch verwickelt, dass sie diesen Lockruf des nachtaktiven Vogels nicht einmal wahrnahmen. Was wohl mochte die Aufmerksamkeit der vier Polizeiangehörigen so fesseln? – Warum waren diese überhaupt zu so später Stunde – es war schon neun Uhr abends – immer noch dort?

«Unser Boss wird Augen machen, wenn wir ihm am Montag diese Computerlisten zeigen werden!» liess sich gerade

Paul Märki vernehmen. «Wer hätte gedacht, dass der so harmlos wirkende Eduard Mathys gestern morgen ein Rendezvous mit Frau Vogt am Claraplatz vereinbart hatte?»

Doch wir wollen jetzt den auf Montagnachmittag festgesetzten Polizeirapport abwarten. Kommissar Affolter wollte dann ja die Meinung jedes einzelnen hören bezüglich eines möglichen Verstricktseins von Herrn Mathys in einen Anschlag auf das Leben von Frau Ursula Vogt.

Das Abreisskalenderblatt in Kommissar Affolters rauchvernebeltem Büro zeigte Montag, 2. März 1992. Der Kommissar sass immer noch an seinem Pult, obwohl es schon auf Mitternacht zuging. Pfeifenrauchend und ab und zu ein paar Notizen machend, sann Max Affolter intensiv über den heutigen Rapport nach. Zum x-ten Male vergegenwärtigte er sich gewisse, ihm unverständlich scheinende angebliche Fakten zum Falle «Ursula Vogt». Es gab eine Menge interessanter Anhaltspunkte, welche Herrn Eduard Mathys zu belasten schienen. Da waren diese Computerlisten, welche seine Mitarbeiter am Samstagabend in Frau Vogts Villa, sobald das Passwort geknackt war, ausgedruckt hatten. Sie taten dies, als sie am Bildschirm im File «TERMINE» den Hinweis auf eine höchst interessante Verabredung entdeckt hatten. Auf diesem Computerausdruck stand schwarz auf weiss, dass Frau Vogt an ihrem Todestage, ja zum Zeitpunkt ihrer Todesstunde ein Treffen mit Herrn Mathys am Claraplatz vereinbart hatte! Ferner gab es noch diesen mysteriösen Brief von einem Hugo Ledermann an Frau Vogt. Der Brief war ihm heute morgen zusammen mit der übrigen an Frau Vogt adressierten Post ausgehändigt worden. Wir wollen uns diesen handschriftlich auf Umweltschutzpapier geschriebenen Brief einmal ansehen:

Sehr geehrte Frau Vogt,

ich möchte Ihnen mitteilen, dass ich Herrn Eduard Mathys heute morgen, kurz nach acht Uhr, am Claraplatz auf der Traminsel Richtung Riehen Grenze stehen sah. – Ich bitte

Sie, Fr. 50.– auf mein Konto zu überweisen. Ferner bitte ich Sie, dieses Schreiben – wie üblich – sofort zu vernichten! Mit freundlichen Grüssen Ihr Ihnen stets zu Diensten stehender

sig. Hugo Ledermann

Die Schlussfolgerung aus den sowohl im Computerausdruck wie auch im Brief von Hugo Ledermann erwähnten Umständen war doch die, dass Eduard Mathys beim Unfall von Frau Vogt zugegen gewesen sein musste! Warum nur hatte er diese Tatsache bisher gegenüber der Polizei verschwiegen? – War er an diesem angeblichen Unfall von Frau Vogt beteiligt? – War er der Mörder? – Oder hatte er diese Verabredung bisher einfach verschwiegen, weil ihn noch niemand danach gefragt hatte? – Der Kommissar dachte an die praktisch einhellige Beurteilung dieser Fakten durch die Teilnehmer des heutigen Rapports. – Einzig Paul Märki hatte halbherzig versucht, hin und wieder Partei für einen am Tode von Frau Ursula Vogt unbeteiligten Herrn Mathys zu ergreifen. Alle fanden es mindestens seltsam, wenn nicht gar verdächtig, dass Eduard Mathys die Aufmerksamkeit auf den Scherenschnitt, mit der Darstellung dieses Spinnennetzes auf der Rückseite, gelenkt hatte. – Dann war Herr Mathys auch wieder derjenige gewesen, welcher das raffiniert konstruierte Truhenschloss zu öffnen wusste! Zudem war ihm dieses Computerpasswort bekannt gewesen, was, gelinde gesagt, sicher ungewöhnlich war! Allerdings war es, unter diesem Aspekt betrachtet, wiederum sonderbar, dass er dieses Computerpasswort preisgab, wenn er doch damit rechnen musste, durch irgendwelche Aufzeichnungen von Frau Vogt belastet werden zu können.

War Eduard Mathys also doch ein Psychopath, wie dies Ursula Vogt der Rechtsanwältin Doris Jäggi gegenüber vertreten hatte? Wie jeder von uns nur zu gut weiss, gibt es Menschen, welche von einem derart unbändigen Geltungsbedürfnis zum blinden Handeln getrieben werden, dass sie komplett unfähig sind, ein Damoklesschwert über ihrem Haupte zu erkennen. War Eduard Mathys vielleicht einer von diesen? – Aus langjähriger

Berufserfahrung wusste der Kommissar, dass es auf Grund der bisherigen Erkenntnisse unmöglich war, auf diese Frage eine klare Antwort zu finden. Man sah eben nur an die Menschen heran und liess sich dabei nur zu gerne von einem eigentlich naiven Wunschdenken oder gar von Vorurteilen beeinflussen.

Der Kommissar löschte schliesslich das Licht in seinem Büro. Dann machte er sich auf den kurzen Heimweg zum Totengässlein. Unterwegs liess er sein Gedankenrepertoire bezüglich «professioneller Täuscher» Revue passieren. In diese Kategorie fielen seiner Ansicht nach Diplomaten, Zauberkünstler, Politiker, Schauspieler, Heiratsschwindler, Viehhändler, Detektive und Polizeikommissare sowie auch Ärzte, Krankenschwestern und neuestens auch Manager. Kurz und gut, alle Berufe waren hier einzureihen, bei welchen man, um langfristig erfolgreich zu sein, sehr oft Täuschungsmanöver spielen und auch über längere Zeit durchhalten musste. Wer von uns Menschen gehört – im weitesten Sinne – eigentlich nicht zu dieser Gruppe? – Doch mittlerweile war Max Affolter zu Hause angelangt, und erfreulichere Gedanken kamen ihm in den Sinn!

Am nächsten Vormittag, schon kurz nach acht Uhr, liess er die beiden Polizeiassistentinnen Claudia Denner und Daniela Müller zu sich kommen. Nach einer guten halben Stunde verliessen die beiden in aufgeräumter Stimmung das Affoltersche Büro. Sie freuten sich auf die Erledigung des soeben erhaltenen Auftrages. Gegen Mittag sprachen die beiden im Büro von Herrn Ledermann vor. Von ihrem Chef hatten sie die Adresse erhalten. Das Büro lag in der Basler Innenstadt. Unaufgefordert wiesen sie ihre Polizeiausweise vor und zeigten ihm fast gleichzeitig seinen Brief an Frau Vogt. Jenen Brief also, mit welchem er Frau Vogt informieren wollte, dass er ihren Angestellten Eduard Mathys am vergangenen Freitagmorgen kurz nach acht Uhr – also während der Arbeitszeit – am Claraplatz gesehen habe.

Claudia Denner schaute mehrmals nervös auf ihre Armbanduhr. Hugo Ledermann seinerseits begrüsste mit schleimiger Höflichkeit die Polizeiassistentinnen: «Bitte, meine Damen, nehmen Sie doch Platz!» Dabei machte er die beiden einzigen

Besucherstühle, welche als Ablagefläche für einen Stapel von Zeitungen, Journalen und Notizzetteln dienten, frei. Auch einzelne Kleidungsstücke und ein randvoller Aschenbecher kamen beim Abräumen noch zum Vorschein

Er legte alle diese Gegenstände stapelweise in beliebiger Reihenfolge auf den Boden. Die Unordnung in diesem Büro war geradezu sagenhaft! Die Fenster waren bestimmt seit Jahren nie mehr gereinigt worden. Die Schmutzkruste auf dem äussern Fenstersims hätte als ein von Wind und Wetter geschaffenes Kunstwerk in einem modernen Museum ausgestellt werden können. – Hugo Ledermanns ungewaschene, strähnige Haare hatten sich ganz der Umgebung angepasst. Der seehundartige Oberlippenbart mit dem schütteren Bocksbart gaben dem zerfurchten, augenbrauenlosen Gesicht ein ganz besonderes Gepräge. Das schwarze Hemd mit den hellen, wahrscheinlich einmal weissen Tupfen stimmte mit der übrigen zerlumpten Erscheinung überein.

Hugo Ledermann fuhr fort: «Frau Vogt hatte mich gebeten, ihr gewisse Auskünfte bezüglich dieses Herrn Mathys zukommen zu lassen. Sie betrachtete den Genannten als einen Mitarbeiter, welcher die geforderte Leistung nicht mehr erbrachte! Mathys versuchte so oft wie möglich, eine ruhige Kugel zu schieben. Sie, meine Damen, müssen wissen, ich habe mich mit meinem Einmannbüro darauf spezialisiert, derartige Überwachungsaufträge zu übernehmen. Ich bin ja teilinvalid! Ich habe einen schwachen Rücken! Zur Hauptsache übernehme ich harmlose Aufträge von der Art, dass ich überprüfe, wie lange ein gewisser Mitarbeiter das Telefon an seinem Arbeitsplatz klingeln lässt, bis er antwortet. Sie glauben nicht, wie interessant und aufregend eine solche Arbeit ist. Da lernt man seine Pappenheimer kennen; besser, als ein Beichtvater sich dies nur träumen kann. Die Entschuldigungen und Ausreden der Betroffenen zeigen, dass es eigentlich nur hochbegabte Menschen gibt! Selten lügt einer zu seinem Nachteil! Die Menschen sind doch überall die gleichen Schwindler, von China bis nach Amerika. Den meisten fehlt nur die günstige Gelegenheit zum grossen Coup, oder aber sie haben zu schwache Nerven. Der Volksmund sagt ja schon: ‹Gelegenheit macht Diebe›! Moral ist heute – wie schon seit jeher – für die Schwachen und für die Dummen! Warum, ja warum nur, meine Damen, sind ausgerechnet Sie zur Polizei gegangen? Wo gingen Sie eigentlich zur Schule? Welchen Beruf übte Ihr Vater aus?» – Mit dieser zusammenhangslosen, aber typisch gemeinen Ausfragerei schloss Hugo Ledermann seine umständliche Begrüssung.

Die beiden Polizeiassistentinnen liessen sich von dem dummen Geschwätz dieses Lästermauls nicht beeindrucken. Sie bekamen vielmehr Mitleid mit dem offensichtlich vom Leben hart gebeutelten Hugo Ledermann, welcher den Balken im eigenen Auge schon lange nicht mehr erkennen konnte.

Daniela Müller fragte: «Haben Sie Herrn Mathys im Auftrage von Frau Vogt schon lange überwacht?» – «Was heisst schon lange in unserem Geschäft?» – «Ist dies ein Zeitraum von zwei Monaten, von einem halben Jahr oder mehr gewesen?» – «Das weiss ich nicht mehr! Vorbei ist vorbei! Ich lasse mir jeden Auftrag sofort bezahlen. Damit ist er für mich erledigt!» – «Ich verstehe! Gut so, Herr Ledermann, was kostet uns Ihre Antwort in harter Schweizer Währung?» – «Ich habe doch gewusst, dass Sie beide in Basel zur Schule gegangen sind! Nun, ich habe Herrn Mathys im Auftrage von Frau Vogt seit etwa einem Jahr sporadisch überwacht. Meistens hat mir Frau Vogt einen ganz konkreten Tip gegeben, wann und wo ich Herrn Mathys beobachten sollte. Ja, Frau Vogt war eine geniale Frau gewesen! Sie hatte praktisch alles immer richtig vorausgesehen. Auch für letzten Freitag hatte sie richtig vermutet, dass Herr Mathys um acht Uhr morgens auf der Traminsel vor der Clarakirche stehen werde. Nun, meine Damen, diese Auskunft macht 100 Franken. Ich muss mich ja absichern für den Fall, dass ich die 50 Franken für meine letzte Forderung an Frau Vogt nicht mehr ausbezahlt bekomme.» – «Hier, Herr Ledermann, nehmen Sie die 100 Franken und quittieren Sie bitte da!»

Dabei reichte ihm Claudia Denner ein Stück Papier zur Unterschrift, auf welchem sie zuvor handschriftlich das Folgende festgehalten hatte:

Bestätigung, dass ich Fr. 100.– erhalten habe für Auskunft über die Überwachung von Herrn Eduard Mathys, Goldschmied.
Basel, den 3.3.92.

Sobald Hugo Ledermann dieses Papier unterschrieben hatte, überreichte sie ihm die 100-Franken-Note und steckte die Quittung sofort in ein Innenfach ihrer Handtasche. «Auf Wiedersehen, Herr Ledermann, und vielen, vielen Dank für Ihre Hilfe!» – Blitzschnell verliessen die beiden Polizeiassistentinnen den so abstossend wirkenden Raum. Schon nach wenigen Minuten standen sie im typischen Mittagsgetümmel auf dem Barfüsserplatz. Die markante Silhouette des Lohnhofs – des Untersuchungsgefängnisses von Basel – hob sich von einer weissen Wolkenwand ab. Niemand aus dieser Menschenmenge schien dies zu beachten. Die beiden Polizeiassistentinnen entschlossen sich, in einem der vielen nahegelegenen Restaurants einen kleinen Mittagsimbiss einzunehmen, bevor sie wieder an ihren Arbeitsplatz im Spiegelhof zurückkehrten. Sie waren froh, Herrn Ledermann und sein tristes Büro aus ihren Sinnen verbannen zu können.

Komisch, ja eigentlich unverständlich war nur, wie eine Zusammenarbeit von Frau Vogt mit Herrn Ledermann zustande kommen und bestehen konnte. «Les extrêmes se touchent!» In ihrem Arbeitsbericht wollten sie auf diesen Umstand speziell hinweisen. Dann aber unterhielten sie sich beim Essen über etwas ganz anderes, viel Erfreulicheres. Am nächsten Montag, Punkt vier Uhr morgens, würde der den Baslern so liebvertraute «Morgestraich» die diesjährige Basler Fasnacht eröffnen. Nach dem obligaten allgemeinen Lichterlöschen in der Innenstadt beim Vieruhrschlag und dem auf den traditionellen Cliquensammelplätzen feierlich befohlenen: «Morgestraich – vorwärts – marsch!» würden dann ganz individuell maskierte Trommler und Pfeifer mit ihren phantasievoll leuchtenden Kopfbedeckungen rhythmischen Schrittes in Richtung Marktplatz ziehen. Die von speziellen Künstlern prächtig gemalten Fasnachtslaternen mit den aktuellen, so boshaft geistreich dargestellten Fasnachtssujets helfen mit, die jung und alt immer wieder von neuem faszinierende «Morgestraich-Stimmung» zu schaffen. Doch jetzt genug davon! Für die Vorfreude verblieb ja noch fast eine Woche Zeit. Bei manchen Angelegenheiten im Leben war – retrospektiv – die Vorfreude eigentlich das Schönste.

IV. Erinnerung an eine Tote

Gegen Abend des folgenden Tages, es war Aschermittwoch, trafen sich im untern Teil der Freien Strasse drei Personen, mit welchen wir uns unbedingt näher beschäftigen sollten. Diese drei Personen waren Chantal Tomasetti und ihr fester Freund Adrien Mathys sowie die uns dem Namen nach auch schon bekannte Alice Christen. Die beiden gleichaltrigen jungen Frauen waren seit ihrer Ausbildung zu Goldschmiedinnen im Atelier von Frau Vogt lose befreundet. Allerdings hatten beide keine Ahnung davon, dass – wie wir wissen – ihre Gesichter in der makabren Darstellung des Spinnennetzes auf der Rückseite des Scherenschnittes bei zwei Beutetieren festgehalten waren. Eduard Mathys hatte die beiden bei der polizeilichen Hausdurchsuchung ja auf dieser Abbildung erkannt.

Adrien Mathys war ein frisch promovierter, hoffnungsvoller und auch zu grösster Hoffnung Anlass gebender Dr. phil. II mit Hauptfach Paläontologie. Er war – wie einige sicher vermuten – der Sohn von Eduard Mathys und dessen Ehefrau Denise aus der Delsbergerallee. Alle drei kannten somit Frau Ursula Vogt, welche übrigens heute in aller Stille und im engsten Kreise auf dem Hörnli-Friedhof bestattet worden war. Niemand von den dreien hatte an dieser Abdankung teilgenommen. Allerdings redeten sie über diese Beerdigung. Sie äusserten sich ganz pietätlos über die tödlich Verunfallte! Der Grundtenor dieses Meinungsaustausches lautete ungefähr: «Frau Vogt ist bestimmt zu Recht eine der meistgehassten Frauen der Regio gewesen!» – Als einziger kannte Adrien Mathys Frau Vogt nur vom «Hörensagen». Sein Vater und dessen ehemalige Arbeitskollegen hatten nie, aber auch nie ein gutes Wort für die Verstorbene übrig gehabt. Das Gesetz vom obligaten Widerspruchsgeist in einer beliebigen Gruppe kam hier nicht zum Tragen. Sogar das so üble Wort «Tyrannenmord» galt im Kreise dieser bestandenen Männer als hoffnungsvoll tröstendes Lieblingswort. Adrien Mathys bedauerte dies sehr. Er hatte zeitlebens mit einer gewissen Achtung zu seinen Eltern aufgeschaut. Wie alle Eltern, so hatten sich auch die seinen bemüht, ihm eine auf ihrem Vorbild basierende Erziehung angedeihen zu lassen. Eine Erziehung, welche es ihm einmal ermöglichen sollte, mit seinem Gewissen Recht und Unrecht klar zu erkennen. Er empfand deshalb die blinden Wutäusserungen, welche er in den letzten beiden Jahren von diesen Männern zu hören bekam, als schwere Belastung. Aus Selbstschutz versuchte er die für ihn unerfreuliche Angelegenheit zu verdrängen. Zusammen mit seiner Mutter hatte er vergeblich versucht, den Vater zu einem Arbeitsplatzwechsel zu bewegen. Doch dieser wollte davon nichts wissen. In seinem Alter schien ihm dies in der jetzigen Zeit einfach unrealistisch, ja utopisch zu sein. Erstaunlicherweise hatte es Eduard Mathys bisher als fast einziger der alten Garde geschafft, von Frau Vogt nicht auf die Strasse gestellt worden zu sein. War dies Zufall? – War dies irgendwie doch eine unausgesprochene Anerkennung der persönlichen Berufstüchtigkeit, oder war vielleicht etwas ganz anderes dahinter?

Adrien wusste zudem auch, dass seine Freundin seinerzeit von Frau Vogt auf unfaire Art, kurz nach der Lehrabschlussprüfung, entlassen worden war. Er erinnerte sich daran, wie wenn es gestern gewesen wäre. Betroffen hatte ihm Chantal alles brühwarm erzählt. Dieser Sachverhalt lässt sich etwa so darstellen. Nach erfolgter Lehrabschlussprüfung sondierte Frau Vogt anteilnehmend den künftigen Berufswerdegang ihrer bisherigen Lehrtochter. Ob Chantal bei ihr als Goldschmiedin weiterarbeiten wollte, forschte sie, oder ob sie die Absicht hege, in ein anderes Atelier zu wechseln? Frau Vogt meinte, dass auf Grund ihrer Lebenserfahrung ein Wechsel des Arbeitsplatzes jeweils eine enorme Horizonterweiterung und somit einen grossen Vorteil für das Berufsleben mit sich bringen würde. Doch sie würde natürlich eine so tüchtige, junge Goldschmiedin am liebsten in einem ihrer beiden Ateliers weiterbeschäftigen! – Chantal entschied sich daraufhin in jugendlicher Unbekümmertheit, bei ihrer Lehrmeisterin zu bleiben.

Schon einige Monate später widerfuhr ihr aber ein Missgeschick, welches sie zwang, einen neuen Arbeitsplatz zu suchen. Alles hatte ganz harmlos angefangen! Nach einem sehr anstrengenden Arbeitstag überrumpelte Frau Vogt Chantal Tomasetti mit der verlockenden Bitte, einem bekannten Kunden, der heute noch kommen werde, einen soeben aus den USA erworbenen riesigen Sternsaphir mit einem irrsinnig funkelnden, perfekt zentrierten, sechsstrahligen Stern zu zeigen. Sie solle dem zahlungskräftigen Kunden einen Vorschlag machen, wie man diesen einmaligen Saphir möglichst gediegen als Anhänger oder als Brosche fassen könnte.

Chantal Tomasetti freute sich über diesen Auftrag sehr. Das war endlich einmal etwas ganz Besonderes! Sie hatte sofort eine Idee, welche sie begeistert diesem Kunden als Vorschlag unterbreiten wollte. In einem langwierigen Gespräch mit dem offensichtlich komplizierten Mann, der sich sehr schwer tat, eine Entscheidung zu fällen, musste sie immer wieder neue Musterbeispiele von andern Edelsteinen und entsprechenden Fassungen zu Demonstrationszwecken vorlegen. Der offizielle Ladenschluss war schon längst vorbei, und der Kunde hatte sich immer noch nicht endgültig auf einen Vorschlag festlegen können. Plötzlich gewahrte Chantal, dass der so wertvolle Sternsaphir verschwunden war! Erst liess sie sich nichts anmerken. Das konnte doch nicht wahr sein, redete sie sich ein. Sie musste den kostbaren Stein verlegt haben. Dann aber wurde sie immer aufgeregter und aufgeregter. Wo nur war dieser Saphir hingekommen?

Frau Ursula Vogt gesellte sich nun auch zu ihnen. Zum Glück habe es mittlerweile ja offiziell Feierabend gegeben. Für einen so wichtigen Kunden hätten sie natürlich immer und vor allem jetzt Zeit! «Haben Sie sich für eine vorgeschlagene Fassung für diesen wirklich einmaligen Edelstein entschliessen können, mein Herr?» lächelte die Chefin verführerisch. Dann fuhr sie weiter: «Fräulein Tomasetti hat ausgesprochen guten Geschmack für die Gestaltung eines derart einmaligen Schmuckstückes, finden Sie nicht?» – Chantal Tomasetti platzte jetzt ungeschickt dazwischen: «Wo haben wir jetzt wieder diesen prächtigen Stein? Haben Sie etwa diesen Saphir, mein Herr?» –

Der Kunde fühlte sich instinktiv des Diebstahls verdächtigt. Wortstark weigerte er sich, das Atelier zu verlassen, bevor dieser Stein gefunden und der Fall somit geklärt sei. Er verlangte, umgehend seiner Gattin telefonieren zu können. Dieser berichtete er dann, dass er heute abend etwas später heimkommen werde.

Frau Ursula Vogt blieb die Freundlichkeit und Ruhe selbst. Sie bot dem aufgebrachten Kunden einen Kaffee an, welchen dieser in der gegenwärtigen Situation natürlich ablehnte. Mit einem schier unerschöpflich scheinenden Repertoire von ausgefallenen Ideen, wo dieser Stein eventuell sein könnte, half Frau Vogt mit, den verschwundenen Saphir zu suchen. Der mögliche Verlust schien sie nicht einmal zu schmerzen. Wenigstens liess sie sich diesbezüglich nichts anmerken. Der Kunde drohte schliesslich, erst seinen Rechtsanwalt zu informieren und, falls dieser es als nötig erachte, sogar die Polizei kommen zu lassen. Frau Vogt blieb weiterhin die Ruhe selbst! Mit aller Freundlichkeit und Überredungskunst versuchte sie den Kunden weiterhin zu beschwichtigen. Plötzlich fand sie zum frohen Aufatmen aller Beteiligten den scheinbar abhanden gekommenen Saphir in einem Kuvert in einer Kartei mit den Namen gewisser Kunden, welche eine inzwischen abholbereite Goldschmiedearbeit aufgegeben hatten. «Hier haben wir, Gott sei Dank, diesen Stein! Er war in dem Kuvert hier zusammen mit dieser prächtigen Brosche, welche von uns repariert worden ist.»

Nicht nur der Kunde, sondern auch Chantal Tomasetti erinnerte sich, dass sie diese Brosche hervorgeholt hatte, um einen Vorschlag für eine mögliche Fassung besser zu illustrieren. Allerdings konnte Chantal es sich nicht erklären, wie sie den Stein mitsamt der Brosche in das besagte Kuvert gesteckt haben konnte. Sie war felsenfest überzeugt, dass sie den Saphir noch zu einem späteren Zeitpunkt mit einem weitern Vorschlag für eine Fassung vorgezeigt hatte. Für die Leser: Kommissar Affolter hätte hier einen arrangierten Sachverhalt vermutet. Ob zu Recht, wollen wir offenlassen!

Nachdem sich der Kunde, ebenfalls erleichtert, mit einem: «Diesen Stein will ich nicht erwerben. Die Erinnerung an die letzte halbe Stunde würde mich bestimmt zeitlebens verfolgen!» verabschiedet hatte, meinte Frau Vogt mit der freundlichsten Stimme und ohne jegliche Emotion: «Frau Tomasetti, Sie sind entlassen! Bitte suchen Sie sich einen andern Arbeitsplatz!» – Chantal Tomasetti war viel zu verwirrt, als dass sie sich zur Wehr setzen konnte. Zum Glück fand sie bei einem anderen Goldschmied in Basel sofort wieder einen ihr sehr zusagenden Arbeitsplatz. Wie sie zu ihrem Erstaunen vom neuen Arbeitgeber im Laufe der Zeit erfuhr, hatte Frau Vogt sie aufs wärmste empfohlen.

Nun bleibt uns noch, zum weitern Verständnis, etwas Entscheidendes aus dem Leben von Alice Christen zu erwähnen, bevor wir uns dem heutigen Zusammentreffen dieser uns jetzt schon etwas vertraut gewordenen Personen zuwenden wollen.

Es betrifft die folgende Begebenheit. Alice Christen hatte sich im Laufe ihres letzten Lehrjahres Hals über Kopf in einen ebenfalls im Atelier Vogt tätigen Goldschmied namens Hans Gasser verliebt. Dieser Hans Gasser war ein ganz ungewöhnlicher junger Mann. Er trug die ungeschlachten, eckigen Gesichtszüge eines bekannten Fussballtorhüters aus den fünfziger Jahren. Seine leuchtendroten Haare trug er in einer wirren Einsteinfrisur. Die schwachen, rötlichen Augenbrauen verschwanden in seinem sonnengebräunten, eigenartigerweise sommersprossenlosen Gesicht. Er zeichnete sich gegenüber seinen Mitmenschen durch einen besonders ausgeprägten Sinn für Hilfsbereitschaft aus. Seine aussergewöhnlich kleinen, feingliedrigen Hände schienen auf den ersten Blick nicht zu seiner übrigen Erscheinung zu passen. Doch gerade sie ermöglichten es ihm, ein sehr begabter Goldschmied zu werden. Er hatte auch seine Lehre mit der Traumnote 5,9 abgeschlossen.

Dieser Hans Gasser war nun also Alice Christens erste grosse Liebe! Frau Vogt schien dies nicht zu bemerken. Sie schuf sogar für die beiden Verliebten manch einladende Gelegenheit zu einem verlockenden Schäferstündchen. – Eines Tages überraschte eine Aushilfs-Raumpflegerin die beiden glücklich Verliebten. Von da an nahm alles einen verhängnisvollen Verlauf. Frau Vogt stellte ihren Angestellten und auch ihre Lehrtochter einzeln kurz zur Rede. In der Freizeit könnten sie tun und lassen, was sie wollten. Am Arbeitsplatz jedoch dulde sie dies keineswegs. Sie betrachte den Fall damit als erledigt und vergessen. Doch rechne sie fest damit, dass die beiden jungen Leute sich künftig an die von ihr gestellten Bedingungen halten würden.

Doch wie es im Leben in solchen Fällen fast immer geschieht, klatschte diese Raumpflegerin den von ihr entdeckten Sachverhalt überall herum. Lawinenartig aufgebauscht, wurde dieses Gerede in den unglaublichsten Varianten schon bald ringsum verbreitet. So war es kein Wunder, dass auch die Eltern von Alice Christen davon erfuhren. Als besorgte, in ihren Augen erziehungsbewusste, geradlinig und konsequent handelnde Eltern mussten sie – wie es so schön heisst – zum Rechten sehen! Schliesslich war ihre Tochter noch minderjährig. Kurz und gut, die so grundsatztreuen Eltern suchten folgerichtig das Gespräch mit der Lehrmeisterin. Auch dieser gelang es nicht, Alice Christens Eltern von der vorgefassten Meinung abzubringen. Das Resultat war somit zum vornherein klar: Tapetenwechsel! Alice konnte dank den guten Beziehungen ihrer Lehrmeisterin die Goldschmiedelehre ohne kostbaren Zeitverlust in einem renommierten Atelier in Luzern fortsetzen und sogar mit bestem Erfolg abschliessen. Wohnen konnte sie während dieser Zeit bei Verwandten in Luzern. – Die intime Freundschaft zwischen Alice Christen und Hans Gasser begann nach dieser Trennung sehr schnell zu erkalten und ging bald darauf endgültig in Brüche. Was Alice Christen allerdings lange Zeit nicht erfuhr, war dies, dass Frau Ursula Vogt quasi ihre Nachfolgerin bei Hans Gasser geworden war. Die beiden lebten zwar in komplett getrennten Haushalten, verbrachten jedoch einen Teil ihrer Freizeit, vor allem die Ferien, jeweils gemeinsam an den herrlichsten Plätzen der Welt. Frau Vogt hatte es verstanden, dem fast zehn Jahre jüngeren Hans Gasser das Gefühl eines ganz tollen und sehr begehrenswerten Liebhabers und Mannes zu suggerieren. Es war deshalb auch nicht weiter verwunderlich, dass sie Hans Gasser für alle geschäftlichen Angelegenheiten in ihren beiden Ateliers zu ihrem Stellvertreter ernannte. Eduard Mathys, der sich, durch ein traditionelles Anciennitätsdenken geprägt, hierarchisch übergangen fühlte, litt anfänglich unter dieser ihn zutiefst beleidigenden Regelung. – Doch, wie wir wissen, heilt die Zeit alle Wunden! So war es auch hier der Fall.

Je mehr Eduard Mathys den bisher nur dem Namen nach bekannten Hans Gasser aus dem Schwesteratelier kennenlernte, desto schneller nahm sein verletzter Stolz ab. Ja, die fachlich allgemein anerkannte Brillanz dieses hochbegabten Goldschmiedes liess ihn diesen, schneller als von jemandem für möglich gehalten, als Vorgesetzten akzeptieren. Eine Summe von im einzelnen kaum beachtbaren Gründen hatte zu dieser Wandlung ebenfalls beigetragen. So hatte ihn Hans Gasser bisher noch gar nie persönlich gedemütigt oder auf hinterhältige Art belogen und schikaniert, wie dies Frau Vogt fast dauernd zu tun pflegte. – War dies wirklich so? Oder war es nur das verzweifelte Wunschdenken eines Bedrängten? – War dies vielleicht ein von Frau Vogt raffiniert inszeniertes Spiel auf Zeit, also ein Täuschungsmanöver, um ihn, den ihr so verhassten Angestellten, in angeblicher Sicherheit zu wiegen? Wollte sie ihn mit diesem verderbenbringenden Wechselbad der Gefühle nach bewährter fernöstlicher Manier ganz langsam psychisch zugrunde richten? – Der fast sechzigjährige Mann wusste einfach keine Antwort auf alle diese in seinem Innern nagenden Zweifel!

Doch jetzt wollen wir uns, wie schon angedeutet, ganz dem heutigen Treffen dieser eben näher beschriebenen Personen in der Freien Strasse zuwenden. «Pass auf, Chantal, gib acht, ein Rollbrettfahrer!» rief Adrien Mathys und stellte sich dabei schützend vor seine Freundin. Halbwegs verärgert, bewunderte er eigentlich den kühn und unverfroren um die oft erst im nachhinein überraschten Fussgänger kurvenden Rollbrettfahrer. Die eleganten Bewegungen des höchstens vierzehnjährigen Jungen liessen einen glauben, dass die Füsse des Fahrers und das Rollbrett eins seien. Adrien Mathys fuhr jetzt zu Chantal und Alice gewandt weiter: «Das müsst ihr wissen! Denkt nur, mein Vater hat mir erzählt, dass er anlässlich der polizeilichen Hausdurchsuchung bei der verstorbenen Frau Vogt im Estrich das Rollbrett gesehen habe, welches die derzeitigen Mitarbeiter dieser auf speziellen Wunsch hin zum Geburtstag geschenkt haben. Eigentlich nicht zu glauben, dass Frau Vogt sich für diesen Sport interessiert haben sollte. – Was meint ihr, meine holden Grazien, dazu, die ihr ja Frau Vogt gut gekannt habt?» – Chantal Tomasetti und Alice Christen blieb eine Antwort erspart. Denn jedes weitere Gespräch übertönende rhythmische Trommelschläge und Pfeifenklänge erschallten plötzlich. Diese begleiteten zum offensichtlichen Stolz der Zunftbrüder und zur Freude der Zuschauer das Auftreten des dolch- und hellebardenbewehrten Bären, des Wappentieres der E.E. Zunft zu Hausgenossen. Es war ja heute Aschermittwoch, und die Basler Herrenzünfte Hausgenossen, Schlüssel und Safran begingen ihren Ehrentag. Gemäss alter Tradition statteten sich die Schwesterzünfte nach dem Aschermittwochmähli den spätnachmittäglichen Besuch ab, wobei jede Zunft einen Besuch macht und einen empfängt.

Die E.E. Zunft zu Hausgenossen, oder manchmal auch Bärenzunft genannt, konnte 1989 das 700jährige Bestehen feiern! Der Name Hausgenossen enthält historisch gesehen die Zugehörigkeit zum Haushalt des Bischofs von Basel. Die ursprünglichen Zunftbrüder waren die Wechsler, welche der Aufsicht des Münzmeisters unterstanden. Schon bald aber wurde unter anderem die zahlenmässig ebenfalls kleine Berufsgruppe der Goldschmiede vom Rate den Wechslern zugeteilt. Nicht zuletzt deswegen wurde das 700-Jahr-Jubiläum auch mit einer weitherum von sich reden machenden Ausstellung über die «Schätze der Basler Goldschmiedekunst» in der Barfüsserkirche gefeiert.

Doch wieder zurück in die so faszinierende Gegenwart! Vor dem Zunfthaus zum «Grauen Bären» wartete der stolze Bär mit seinem – im baslerischen Sinne – feierlichen Bärentanz auf. Unter den zahlreichen, mehr oder weniger engagierten, das ganze Altersspektrum umfassenden Zuschauern gewahrten Alice Christen und dann auch Chantal Tomasetti den Goldschmied Hans Gasser, von welchem eben vorhin die Rede war. Hans Gasser schien sich über die patzigen Bewegungen des Bären sehr zu freuen. Unser Trio, bestehend aus Alice Christen, Chantal Tomasetti und ihrem Freund Adrien Mathys, steuerte durch die froh gelaunte Menschenmenge bewusst auf Hans Gasser zu. Sie begrüssten ihn als lieben Bekannten. Hans Gasser, dem verschiedene Berufsgenossen als Zunftbrüder zuwinkten, begrüsste auch unser Trio ganz herzlich. Er stellte dabei seine adrette Begleiterin als Frau Doris Jäggi vor. Sie sei die Rechtsberaterin der verstorbenen Frau Vogt gewesen, meinte er, möglicherweise schlau berechnend, zu seinen Bekannten. – «Ja, Herr Mathys, wissen Sie es schon? Ihr Vater wird von der Polizei verdächtigt, Frau Vogt durch die scheibenlose Rückwand des Tramhäuschens vor den Bus gestossen zu haben! Ich kenne Ihren Vater und kann mir nicht vorstellen, dass er zu einer solch verrückten Tat fähig gewesen wäre! Allerdings traut Frau Jäggi hier Ihrem Vater diese Tat zu. Dies, obwohl sie ihn noch nie bewusst gesehen hat. Herr Mathys, reden Sie diesbezüglich noch heute mit Ihrem Vater! Ich werde es morgen ebenfalls tun, wenn er zur Arbeit kommt!» – An den weitern Geschehnissen dieses Aschermittwochs wollen wir uns nicht mehr beteiligen.

V. Vögel mit gleichem Gefieder erkennen sich immer wieder

Diese uralte Lebensweisheit ging Adrien Mathys durch den Kopf. Er sass in seinem heimelig eingerichteten Mansardenzimmer am – ihm jetzt als Pult dienenden – ehemaligen Küchentisch seiner Grosseltern. Obwohl Mitternacht schon längst vorbei war, dachte er immer noch über das vorabendliche Gespräch mit seinen Eltern bezüglich eines möglichen Verstricktseins seines Vaters in den Tod von Frau Ursula Vogt nach. Er rekapitulierte für sich minuziös zum x-ten Male die aus dieser Aussprache resultierenden Fakten. Als ein mit den neuesten Erkenntnissen der Evolutionstheorie vertrauter Paläontologe sah er persönlich – im vollen Wissen, dass viele seiner Kollegen aus denselben Gründen wie er gerade das Gegenteil folgerten – hier wieder einmal die Sonderstellung des Menschen eindeutig bestätigt! Im Gegensatz zu unseren Mitgeschöpfen aus dem Tierreich, welche ihren Überlebenskampf instinktmässig nur mit den ihnen eigenen Verteidigungswaffen führen, kann der Mensch sein Schicksal in weitaus stärkerem Masse selbst bestimmen. Die Mitlebewesen aus dem Pflanzenreich haben eine noch viel eingeschränktere individuelle Überlebenskampfmöglichkeit. Die Natur sorgt, wie man so schön sagt, ganz für sie. Dornen oder Giftstoffe zusammen mit einer verschwenderischen Fruchtbarkeit sind die geheimnisvoll gelenkten Garanten ihres Fortbestandes. Bei den Menschen liegen die diesbezüglichen Verhältnisse doch ganz anders! Durch den Verstand und die Fähigkeit, sich an Vergangenes zu erinnern, wie auch sich eine mögliche Zukunft vorzustellen und sowohl aus eigenen wie auch aus den Erfahrungen der andern dazuzulernen, ist die Sonderstellung des Menschen in der Schöpfung zu begreifen. In wie vielen Generationen im Verlaufe der Evolution sich dieser Übergang vom Tier zum Menschen vollzogen hatte, weiss auch er nicht. Hatte diese Übergangszeit einige hunderttausend Generationen gedauert, oder war es ein einmaliges, schlagartiges Ereignis gewesen? Adrien hatte schon oft über diese Frage nachgedacht, ohne natürlich eine gültige Antwort zu finden. Eigentlich war dies für ihn eine Frage nach dem eigentlichen Sinn des Daseins geworden. Die Religionen haben schon seit jeher eine Antwort darauf bereit. Doch lassen wir jetzt alles fruchtlose Grübeln über diese für uns Menschen mit dem Verstand nicht beantwortbare Frage!

Zurück zu Adrien Mathys. Dieser war heute stolz auf seine Eltern. Es war für ihn beeindruckend gewesen, feststellen zu können, wie spielend leicht seine Mutter den Gedankengängen seines Vaters folgen konnte und wie auch das Umgekehrte der Fall gewesen war. Machte diese durch bewusstes Zuhören und offene Aussprachen erlernte Fähigkeit das Erfolgsrezept einer glücklichen Ehe aus? Doch fortan wollte er seine Gedanken nicht mehr abschweifen lassen, sondern sich ganz konkret das Wesentliche der gestrigen Aussprache nochmals durch den Kopf gehen lassen.

Er begann mit seinen Überlegungen ganz von Anfang an. Nach der Verabschiedung von Hans Gasser und dessen Begleiterin Doris Jäggi hatte er mit Chantal und Alice in einer Pizzeria in der Innenstadt das Nachtessen eingenommen. Anschliessend hatte er Chantal noch heimbegleitet und war gegen halb zehn Uhr zu seinen Eltern nach Hause gekommen. Diese sassen noch im Wohnzimmer in eine nebensächliche häusliche Diskussion verwickelt. Ohne lange Umschweife hatte Adrien nach der familiären Begrüssung das Gespräch auf den Unfalltod von Frau Vogt gebracht und die vernommene Verdächtigung seines Vaters als mutmasslichen Mörders erwähnt. – «Adrien, da kannst du ganz beruhigt sein; ich habe Frau Vogt bestimmt nicht getötet! Allerdings glaube ich, dass sie jemand mit Absicht vor diesen herannahenden Bus gestossen hat, um sie umzubringen. Wer das gewesen ist, weiss ich nicht. Ja, ich will dies auch gar nicht wissen. Trotz allem bin ich irgendwie froh und auch beruhigt, dass diese Hexe nicht mehr lebt! Ich kenne noch mehr als ein Dutzend Freunde und Bekannte, welche gleich empfinden, auch wenn sie es nicht so offen zugeben würden.» – Die Mutter fuhr daraufhin weiter: «Diese Frau hat sehr viel Unheil angerichtet! Ich kann mir einen Racheakt irgendeines ihrer Opfer gut vorstellen. Denken wir nur an den armen Adam Daum, dessen Frau Priska, wie Vater und ich wissen, Selbstmord beging, als sie sich ihrer Judasrolle bewusst geworden war.» – «Was meinst du mit Judasrolle?» warf Adrien fragend dazwischen.

Gemeinsam erzählten ihm nun die Eltern, wie Frau Vogt sich das Vertrauen von Priska Daum – ähnlich einer teuflischen Schlange – erschlichen hatte. Sie tat dies nur, um auf einfachste und auch sicherste Art die verwundbaren Stellen von Adam Daum herauszufinden. Erst als dieser dann den Kündigungsbrief aus dem Goldschmiedeatelier nach Hause brachte, erkannte Priska, dass ihre naive Vertrauensseligkeit auf schändlichste Art missbraucht worden war, um ihren Mann zu schädigen. Zuvor hatte sie, verblendet und von Frau Vogt heimlich angestiftet, ihren Mann seiner vermeintlichen Schwächen wegen immer mehr und mehr kritisiert. Adam Daum konnte – wie er im nachhinein den Eltern von Adrien erzählte – sich lange Zeit keinen Reim auf dieses plötzlich veränderte Verhalten seiner Frau ihm gegenüber machen. Er glaubte, diese übertriebenen Vorwürfe an seine Adresse würden einer momentanen Laune seiner Frau, welche offenbar irgend einen Ärger abzureagieren hatte, zuzuschreiben sein. Erst im nachhinein wurde ihm – wie dies besonders typisch für manchen fast alles erdauernden Schweizer ist – eine gewisse Kongruenz der Vorwürfe seiner Frau mit denjenigen seiner Chefin, Frau Vogt, gewahr. Diese Übereinstimmung konnte nicht auf Zufall beruhen. – Verärgert stellte er daraufhin seine Frau zur Rede. Priska gestand sofort alles und gab zu, durch die in ihren Augen nur wohlwollenden Ratschläge von Frau Vogt, ihn doch ändern zu können, zu ihrem fruchtlosen Tun verführt worden zu sein. Sie hätte es bestimmt nur gut gemeint, versuchte sie sich naiverweise zu rechtfertigen.

Als Priska Daum schliesslich erkannte, welch Unheil sie mit ihrer unbewusst gespielten Judasrolle angerichtet hatte, wurde sie todunglücklich. Sie machte sich jetzt andauernd Selbstvorwürfe, ihren Mann durch ihre Kooperation mit Frau Vogt um die

Existenz gebracht zu haben. Schon nach relativ kurzer Zeit verfiel die unglückliche Priska Daum durch diese seelische Selbstzerfleischung in eine schwere Depression, welche schliesslich mit ihrem Selbstmord endete. – Aussenstehende glaubten tuschelnderweise zu wissen, dass Adam Daum, der ja seinen beruflichen Stolz verloren hätte und seit längerer Zeit arbeitslos war und überall herumlungerte, am Tode seiner Frau mitschuldig sei.

Adrien Mathys verstand jetzt auf einmal die Wut dieses Adam Daum auf Frau Vogt! Seine Eltern hatten auch offen zugegeben, dass Adam Daum ihnen manchen bizarr erscheinenden Mordplan zur Beseitigung von Frau Vogt vorgelegt habe. Sie hätten aber jedesmal eine schwache Stelle in diesen Racheplänen aufzeigen können, so dass Adam Daum, der wegen dieser Hexe, wie er sich ausdrückte, auf keinen Fall hinter Schloss und Riegel kommen wollte, noch keines dieser Projekte realisiert hatte. – Moralische Bedenken habe Adam Daum im Laufe der Zeit immer weniger und weniger gehabt. So habe sich mit der Zeit seine Auffassung gewandelt bezüglich eines nicht erlaubten Mordes über den für ihn moralisch noch fraglichen Tyrannenmord bis hin zur in seinen Augen verantwortbaren Tyrannentötung, ähnlich der Hinrichtung eines zum Tode verurteilten Schwerverbrechers. Das Recht zu einer solchen Hinrichtung sah er in der Bestrafung der eigentlich indirekt für den Tod seiner Gattin Verantwortlichen.

Das Unglaublichste aber, das Adriens Eltern ihm dazu eröffneten, war dies, dass Adam Daum, ganz aufgestellt, noch am Todestage von Frau Vogt zu ihnen gekommen sei und Eduard zu seinem perfekt ausgeklügelten und erfolgreich durchgeführten Mordanschlag gratuliert habe. So etwas wäre ihm selbst nie in den Sinn gekommen! Als ehrenwertes Motiv zu dieser schrecklichen Tat wollte Adam Daum seinem Vater nicht Rache, sondern das Dilemma von Hamlet unterschieben, also die rechtzeitige Beseitigung eines erkannten Bösewichts, bevor dieser noch grösseres Unheil angerichtet habe.

Adrien hatte auch hierzu die klare Stellungnahme seines Vaters vernommen. «Adam, ich bin es nicht gewesen!» soll sein

Vater darauf geantwortet haben. Adam Daum habe dann nur bewundernd gelacht: «Deine Nerven möchte ich haben!» Das Verhalten von Adam Daum war ganz eindeutig dasjenige eines Geisteskranken gewesen, oder war es dies vielleicht etwa nicht? Adrien wusste aus seiner bisherigen Lebenserfahrung keine Antwort auf diese sich selbst gestellte Frage. Wie nur hätte er sich als hoffnungsvoller junger Mann, dem alles Glück auf Erden noch offen stand, in das Innere des am Leben zerbrochenen, nur noch auf Rache sinnenden Adam Daum hineindenken können? Mit den Gedanken und den Gefühlen seiner Eltern konnte sich Adrien mühelos solidarisieren. Der Volksmund hatte wieder einmal recht: «Vögel mit gleichem Gefieder erkennen sich immer wieder.» – Nur zu schade, dass viele Leute diese Sprichwörter immer nur einseitig, vom Negativen her betrachtet, gebrauchen.

Es gab ferner ein paar in Adrien Mathys' Augen wesentliche Details, welche er jetzt noch schriftlich festhalten wollte. So schrieb er in sein Tagebuch: «Vater hat kein hieb- und stichfestes Alibi. Er hätte am Mordtage um 8 Uhr bei seinem Zahnarzt, dessen Praxis in der Nähe des Claraplatzes liegt, sein sollen. Der Telefonanruf mit einer weiblichen Stimme, den seine Mutter am Vorabend ahnungslos entgegengenommen hatte, besagte, dass mein Vater erst um 8.45 Uhr zum Zahnarzt kommen sollte. Als Vater dann zu der neu festgelegten Zeit beim Zahnarzt eintraf, staunte dieser, da er seinen Patienten – wie seit langem abgemacht – schon um 8 Uhr erwartet hatte. Auf die entsprechende Erklärung meines Vaters hin meinte der Zahnarzt, jemand müsse sich einen dummen Scherz ausgedacht haben. Es sei das erste Mal, dass so etwas in seiner Praxis vorgekommen sei.

Wer aber konnte sich so einen Scherz erlaubt haben? Doch nur jemand, der wusste, dass mein Vater diesen Termin beim Zahnarzt hatte. Der Kreis dieser Personen konnte ja nicht allzu gross sein. Dazu zählen einmal die Angestellten in der Zahnarztpraxis und dann eventuell noch die Mitarbeiter im Goldschmiedeatelier. Bestand vielleicht ein Zusammenhang zwischen dieser Terminverschiebung und dem Unfall von Frau Vogt?»

Adrien Mathys legte jetzt seine Füllfeder weg und schloss

sein Tagebuch. Dann legte er sich zur Ruhe. Bald versank er in einen tiefen Schlaf. Als er am nächsten Morgen ganz gerädert aus einem schweren Traume erwachte, fühlte er irgendwie unbewusst, dass er am Vorabend beim Gespräch mit seinen Eltern etwas Wesentliches übersehen haben musste! Beim Rasieren kam ihm der fast absurd erscheinende Gedanke, dass sein Vater ihm irgend etwas bezüglich der Frau Vogt verschwiegen haben könnte. War die Mutter auch eingeweiht? Beim Duschen verwarf er diesen ihm jetzt einfältig vorkommenden Gedanken wieder. Doch schon beim Frühstück bedrängte ihn wieder ein ähnlicher Zweifel. Um diesen seine seelischen Kräfte zermürbenden Zustand des fortwährenden innerlichen Hin- und Hergerissenseins zu beenden, beschloss Adrien, dieser Angelegenheit sobald wie möglich nachzugehen.

Gegenwärtig arbeitete er als Postdoktor an einer vergleichenden morphologischen Untersuchung der fossilen Gehäuseformen von Rhynchonella varians, einer Brachiopodenart aus dem oberen Dogger. Die besagten Fossilien stammten aus den Sammelbeständen eines in Riehen ansässigen Amateur-Paläontologen. Der Name «varians» bezeichnete in treffender Weise die verwirrende Formenvielfalt der Gehäuse dieser Armfüsslerart. Mit Hingabe sortierte er die im Laufe von Jahren oberhalb von Grellingen gefundenen Rhynchonellen; einmal nach der Entwicklung ihres dorsalen Wulstes, dann nach dem Stirnrand, also ob dieser gerade oder mehr oder weniger trapezförmig ausgebildet war. Während all dieser doch irgendwie mechanischen Arbeit bohrten immer wieder die gleichen Zweifel in seinem Hirn. Ob sein Vater bei der gestrigen Aussprache ihm etwas Wichtiges verschwiegen hatte? Vielleicht wollte der Vater in Gegenwart der Mutter nicht darüber reden? In seiner jugendlichen Unerfahrenheit in derartigen Situationen verlor er bald die nötige Geduld und die in einem solchen Falle angebrachte Gelassenheit. Er spürte, dass er schnell handeln musste, wenn er – wie es so schön heisst – innerhalb seiner «Komfortzone» bleiben wollte. Und das wollte er natürlich! Folglich brach er seine Arbeit vorzeitig ab und verabredete sich mit seinem Vater zu einem gemeinsamen Mittagessen in einem Restaurant in der Innenstadt. Die Mutter wurde noch rechtzeitig entsprechend informiert, so dass sie sich ein von ihr ganz besonders geschätztes Lieblingsgericht auf einen ihr zusagenden Zeitpunkt hin zubereiten konnte.

Als Eduard Mathys kurz nach zwölf Uhr in dem verabredeten Lokal eintraf, sah er seinen Sohn schon in einer behaglichen, etwas abgeschirmten Ecke des Restaurants an einem Zweiertischchen vor einem Glase Tomatensaft als Apéro sitzen. Vater und Sohn bestellten sich eine Käseschnitte nach Waadtländer Art und einen halben Liter Fendant. «Papa, ich glaube, du oder Mama und du haben mir gestern nicht alles gesagt, was ihr beide zum Falle Ursula Vogt noch wisst!» – Eduard Mathys schöpfte tief Atem: «Adrien, wie nur kommst du auf einen solchen Gedanken?» – «Ganz einfach, beim Erwachen heute früh kam mir dies in den Sinn und liess mir fortan einfach keine Ruhe mehr, so dass ich mich entschloss, dich deswegen anzusprechen. Du kennst ja den Spruch: ‹Vögel mit gleichem Gefieder kennen sich immer wieder›. Ich bin ja ein Mathys wie du!»

Was Eduard Mathys jetzt seinem Sohne gestand, machte diesen schlagartig um Jahre reifer. Er war jetzt der Vertraute seines Vaters in einer heiklen Angelegenheit, von welcher die Mutter vorläufig nichts wissen durfte! Adrien bewunderte seinen Vater. Das Leben war im Prinzip immer ein Abenteuer. Heute wie früher! Wenn man nur mehr über die geheimen Gedanken und Pläne oder Wunschträume und die daraus resultierenden Handlungen der Vorfahren wüsste! Doch halt, war so etwas überhaupt möglich oder notwendig? Konnte man, basierend auf der eigenen Erfahrung, die Gefühle und Gedanken der Vorfahren nicht erraten? Aus falsch verstandener Rücksichtsnahme und im Bestreben, vor dem persönlichen Gewissen immer gut dazustehen, wurde die komplexe Wahrheit selten ungeschminkt offenbart. Adrien wusste jetzt auf einmal, dass er in vielem gleich dachte und auch empfand wie sein Vater oder auch seine Mutter. Die Eltern mussten ihm dies eigentlich nicht noch speziell sagen. Die blutsverwandtschaftlichen Bande bedeuteten wahrscheinlich doch viel mehr, als die Wissenschaft zugeben wollte. Wusste die Mafia um diese Tatsache? Oder hatte die Bibel mit ihrem: «Die Sünden der Väter bis ins soundsovielte Geschlecht» schon immer auf dieses Phänomen hinweisen wollen?

Als Adrien am Nachmittag wieder bei seiner Fossilien-Sortierarbeit sass, kam ihm das, was Vater ihm heute über Mittag enthüllt hatte, immer wieder in den Sinn. Sein Vater handelte schon überlegt und weitsichtig, musste er sich eingestehen. Wie raffiniert er das Computerpasswort «GOLDREGEN» bei der Hausdurchsuchung preisgegeben hatte, war schlechthin eine Meisterleistung gewesen. Sein Vater hatte ja von ihm gewusst, dass man heute in die Dateien eines jeden neuen Personal-Computers auch ohne Passwort eindringen konnte, wenn man die Batterie im Computerkasten für etwa eine Stunde abhängte. Durch diesen Unterbruch einer Stromquelle wurde das Passwort gelöscht, und der Zugriff zu den Computerdateien war gewährleistet. Allerdings war durch diese Manipulation das Passwort für immer verloren. In unserem Falle hätte dies bedeutet, dass niemand von der Polizei die Gültigkeit des Passwortes «GOLDREGEN» hätte überprüfen können. Wie wichtig dieser Umstand im nachhinein noch werden sollte, konnte sich auch Adrien Mathys nicht vorstellen. Doch mehr sei hier nicht verraten!

VI. Kommissar Max Affolter zieht Zwischenbilanz

Auf einem öffentlichen Bänklein vis-à-vis zum uns allen jetzt bekannten Tramhäuschen am Claraplatz, mit Blick gegen die Clarakirche hin, sass Kommissar Max Affolter schon seit geraumer Zeit. In einen warmen Mantel gehüllt und zufrieden eine Pfeife rauchend, genoss er die strahlende Sonne an diesem Vorfrühlingsmorgen. Mit einer dunkeln Sonnenbrille versuchte er seine Blicke vor allen neugierigen Betrachtern zu verbergen. Vor allem wollte er kein Aufsehen erregen. Dies gelang ihm auch! Von den in seinem Blickfeld kreuz und quer zur Arbeit, zum Einkaufen oder zur Schule hetzenden, das ganze Altersspektrum umfassenden Passanten wurde er kaum eines Blickes gewürdigt.

Schon seit mehr als einer Stunde beobachtete er das abwechslungsreiche, geschäftige Treiben auf diesem verkehrstechnisch als Drehscheibe dienenden Platze. Er verfolgte mit grosser Aufmerksamkeit das unablässige Kommen und Gehen der vielen Tram- und Buspassagiere mit ihren mannigfaltigen Handtaschen, ihren Einkaufskörben, ihren bunten Segeltuchrucksäcken, ihren Mappen oder einer Tageszeitung in der Hand. Mit Ausnahme von zwei Kleinkindern in der Begleitung von Erwachsenen hatte er bis jetzt noch niemanden beobachten können, der sich an die gläserne Rückwand des Tramhäuschens angelehnt hätte. War diese Beobachtung von allgemeiner Gültigkeit für dieses Verhalten? Die Leute lehnten sich sonst doch in den überfüllten Trams und Bussen gerne irgendwo an! Warum taten sie dies dort und nicht auch im Tramhäuschen? War dieses unterschiedliche Verhalten mit der Tageszeit oder mit einem unbewussten Sauberkeitsempfinden der hiesigen Stadtbewohner zu erklären?

Kommissar Affolter hatte im Verlaufe dieser Stunde einige Male versucht, sich alles, was mit dem Unfalltod von Frau Vogt zusammenhing, ganz realistisch vorzustellen. Auf diese Art wollte er am Tatort das ganze Unfallgeschehen irgendwie miterleben. Für ihn war das viel effizienter als eine Klausurtagung zu diesem Thema. Er vertiefte sich in diese Aufgabe fast wie ein meditierender Betrachter eines kubistischen Kunstwerks von Georges Braque. Wie einen Traum, in dem das realistische Zeitgefühl zwar fehlt, dafür aber eine Fülle von schwierig einzuordnenden Geschehnissen zur Verfügung steht, empfand er dieses Nachdenken über Frau Vogt! – Immer wieder kamen ihm bruchstückhaft neue Teilerkenntnisse und zuvor nicht erkannte mögliche Zusammenhänge in den Sinn. Er liess jetzt seinen willkürlich aufkommenden Gedanken und spontanen Einfällen freien Lauf. Auf diese Weise gelang es ihm, sich in Frau Vogt hineinzudenken. Was mochte diese empfunden haben, als sie durch das scheibenlose Rückwandelement des Tramhäuschens vor den unmittelbar herannahenden Bus der Linie 31 stürzte? – Hatte sie mitbekommen, ob jemand, und wenn, wer ihr einen Stoss gegeben hatte? – Hatte sie so ihren Mörder oder ihre Mörderin gesehen oder gar erkannt? – Hatte sie der Kälte wegen beide Hände in ihren Manteltaschen vergraben und ihre Umhängetasche unter den Arm geklemmt, als sie hilflos rückwärts, über den untern Metallrahmen stolpernd, auf die Fahrbahn stürzte? Versuchte sie sich im Sturze zur Seite zu drehen? – Wann wohl registrierte sie die furchtbare Gewissheit, dass sie vom herannahenden Bus überfahren werden würde? – War sie noch bei Sinnen, als eines der zu spät gebremsten Räder sie unbarmherzig zerquetschte? Hatte sie in Todesangst um Hilfe geschriehen? – Wer hatte ihren Todesschrei gehört? – War sie überhaupt noch fähig gewesen, einen Schrei auszustossen, oder war ihr die Kehle im Angesicht des sichern Todes zugeschnürt? – War dann ihr Leben in Sekundenschnelle nochmals vor ihrem innern Auge abgelaufen? – Hatte der kurze Sturz für sie gar eine Ewigkeit gedauert?

Max Affolter erinnerte sich, im ausführlichen Autopsiebericht gelesen zu haben, dass der Kopf von Frau Vogt unversehrt geblieben war. – Dies deutete darauf hin, dass sie beim Sturze mit dem Kopfe nicht auf dem Boden aufgeschlagen war. Man konnte also annehmen, dass sie bei vollem Bewusstsein vom linken

Vorderrad des Busses überrollt worden war. Wie wir wissen, war die Unglückliche augenblicklich tot gewesen. – War der Täter oder die Täterin daraufhin geflohen? – Musste ein möglicher Täter überhaupt fliehen, wenn das Opfer sofort tot war und folglich nicht mehr aussagen konnte? Im Gegenteil, eine Flucht hätte ihn noch verraten können! Augenzeugen gab es offenbar ja keine, sonst hätten sie sich bisher bestimmt gemeldet. War der Täter als spontaner Helfer in Aktion getreten, oder war sein Abbild als Schaulustiger auf einer der vielen Tatortfotos festgehalten worden? – Warum eigentlich haben sich keine Unfallzeugen gemeldet? – Es gab doch so viele Leute, welche auf der Traminsel auf einen Anschluss warteten! Das gleiche galt auch für die Insassen der beiden Busse, also für den parkierten und den links davon vorbeifahrenden. Einzig der schwergeprüfte Buschauffeur, welcher die arme Ursula Vogt überfahren hatte, sagte aus, dass er die auf der Fahrbahn liegende Frau erst gesehen habe, als es zu spät gewesen sei, den Bus, trotz sofort eingeleiteter Schnellbremsung, noch rechtzeitig anzuhalten. Er habe sich an dieser Stelle – wie praktisch immer – hauptsächlich auf das rechte Blickfeld, also auf den parkierten Bus der Linie 34, konzentriert. Von der linken Seite her war ja nichts zu befürchten! Die geschlossene Rückwand des Tramhäuschens verunmöglichte jegliches Betreten der Fahrbahn von dieser Seite. Ganz im Gegensatz dazu gab es immer noch unvorsichtige Passanten, welche glaubten, sie müssten in ihrer Eile den kürzesten Weg – quer über die Fahrbahn der beiden Busse – von der Clarakirche zur Traminsel wählen. Zum Glück trugen die erfahrenen und verantwortungsbewussten Buschauffeure diesem Umstand gebührend Rechnung, so dass selten ein Unglück geschah.

Ein junger Rollbrettfahrer lenkte mit seinen kühnen, fast akrobatisch anmutenden, lärmigen Kunstsprüngen die Aufmerksamkeit des Kommissars auf sich. Max Affolter musste unwillkürlich an seine so glückliche Jugendzeit zurückdenken. Damals gab es so etwas noch nicht! – Anschnall- und anschraubbare Rollschuhe und ebensolche Schlittschuhe war damals ein Wunschtraum der Heranwachsenden gewesen. Bei den Schlittschuhen gab es – im Gegensatz zu den Rollschuhen – allerdings schon Modelle, bei welchen Schuh und Gleitkufe miteinander verbunden waren.

Ein solches Paar Hockeyschlittschuhe hatte der junge Max Affolter einmal zu Weihnachten geschenkt bekommen, zusammen mit einem Abonnement für die Basler Kunsteisbahn. Er erinnerte sich jetzt mit verhaltener Freude an diese frohe und unbeschwerte Zeit zurück. Die Schnürsenkel seiner Hockeyschlittschuhe waren zirka drei Meter lang gewesen. Man schlang diese Schuhbändel noch einige Male um den Rist des Hockeyschuhs und zwischen der Kufenbefestigung durch, um auf diese Art einen bessern Halt zu haben. Max Affolter kam jetzt wieder in den Sinn, wie er mit diesen Hockeyschlittschuhen einst auf dem Heimwege von der Kunsteisbahn, bei einem Abstecher zu seinen Grosseltern, eine Terrassentürscheibe eingeschlagen hatte. Stolz hatte er seine Hockeyschlittschuhe, an den langen Schnürriemen zusammengeknotet, wie eine Eisenbahnertasche über die Achseln gehängt, zur Schau getragen. Jedermann sollte sehen, welch tolle Schlittschuhe er besass! Als er dann mit Schwung die grosselterliche Wohnung via Terrassentür betreten wollte, geschah das Malheur. Der gute Grossvater hat den Schaden wieder gutgemacht und eine neue Scheibe eingesetzt. – Ach so, Scheibe! Warum eigentlich war die Scheibe des Rückwandelementes des Tramhäuschens eingeschlagen worden? – Hatte gar der Mörder diese Scheibe zu einem früheren Zeitpunkt eingeschlagen? – Womit hatte er dies getan? – Der Kommissar glaubte plötzlich, dass die Scheibe zuvor ganz bewusst, im Hinblick auf den geplanten Mord an Frau Ursula Vogt, eingeschlagen worden war. Denn wenn er in Betracht zog, an welcher Stelle des Tramhäuschens es am vorteilhaftesten war, jemanden durch die Rückwand vor den herannahenden Bus zu stossen, so hätte auch er genau dieses Rückwandelement zum Einschlagen gewählt.

Max Affolter wurde aus seinen Tagträumen aufgeweckt. Der junge Rollbrettfahrer setzte sich mit einem: «Ist es erlaubt, hier ein wenig auszuruhen?» zwecks einer kurzen Verschnaufspause neben den älteren Bewunderer seiner Kunststücke. «Du bist ja ein unerhörter Könner im Skateboardfahren! So etwas habe ich ‹live› noch nie gesehen! Seit wann treibst du diesen Sport?» – «Schon seit vier Jahren! Dies hier ist mein drittes Skateboard. Sie können es einmal näher ansehen. Sehen Sie hier, wie es aus vielen Schichten verleimt ist. Ich habe zu Hause noch ein Futteral dazu. Das gehört sich für solche Markenprodukte. Dann besitze ich auch noch einen speziellen Helm. Den trage ich aber nur bei Wettkämpfen auf den Skateboard-Rampen. Die Knie- und Armschoner hier sind mit ‹Temperfoam› gefüttert! Das ist ein Kunststoff, welcher jeden Schlag ganz stark dämpft. Es gibt deshalb auch in gewissen Motorradfahrerbekleidungen diese ‹Temperfoam›-Einlagen, um Stürze für den Träger zu mildern.»

Max Affolter freute sich über dieses Gespräch mit einem Unbekannten der kommenden Generation. Schon bald würden diese jungen Leute die Geschicke des Landes, allerdings wiederum nur für eine kurze Zeit, bestimmen. Das Leben eines Volkes ist eigentlich mit einem grossen Stafettenlauf, ohne sichtbare Konkurrenz, zu vergleichen. Die Stabübergaben werden jeweils von mehr oder weniger tüchtigen Akteuren getätigt. Die meisten Menschen merken erst im nachhinein, dass sie einmal, wenn auch nur für kurze Zeit, das Sagen gehabt haben. Sehr oft haben sie zwar keinen Gebrauch davon gemacht, weil sie eben niemand rechtzeitig auf ihre Funktion oder ihre Verantwortung aufmerksam gemacht hatte. Das Verantwortungtragen wird eben gerne den andern überlassen. Ausser in den harmlosen Alltagswitzen, wie zum Beispiel beim Zügeln: «Du trägst das Klavier, ich trage die Verantwortung.»

Der Kommissar stopfte sich eine neue Pfeife und entzündete sie mit gekonnter Routine. Manches war im Falle Ursula Vogt schlichtweg unverständlich, musste er sich eingestehen. Wie nur konnte Frau Vogt diesem Hugo Ledermann den Auftrag gegeben haben, Eduard Mathys an ihrem Todestage um die kritische Zeit am Claraplatz zu beobachten, wenn sie doch mit diesem ein Treffen am selben Orte abgemacht hatte? – Hatte Frau

Vogt eine Vorahnung für ein Unheil gehabt, und wollte sie deshalb für dieses Treffen einen Helfer und Zeugen in ihrer Nähe wissen? – An dieser Sache musste etwas faul sein! Er beschloss, diesen Hugo Ledermann einmal näher unter die Lupe nehmen zu lassen. Diesen Auftrag wollte er Paul Märki bei nächster Gelegenheit geben.

Der Kommissar sinnierte weiter: «Wer alles hatte Kenntnis gehabt von Eduard Mathys' Zahnarzttermin? – Wer hatte diesen am Vorabend telefonisch verschoben? – Stand dieser Umstand in einem Zusammenhang mit einem geplanten Verbrechen an Frau Vogt? – Wollte der Täter eventuell Eduard Mathys verdächtigen? – War der Täter überhaupt ein Mann?» überlegte er sich zum x-ten Male. Da gab es ja die weibliche Stimme am Telefon, welche den Zahnarzttermin verschoben hatte! Bestimmt könnte der Täter auch eine Frau gewesen sein. Der Rollbrettfahrer von vorhin kam ihm jetzt wieder in den Sinn. Von «Temperfoam» hatte dieser geredet. Wie im Autopsiebericht unter speziellen Bemerkungen zu lesen war, hatte Frau Ursula Vogt einen mit «Temperfoam» gefütterten Wildledermantel getragen. Dies war eine Extraanfertigung, um mögliche Stürze der Trägerin zu dämpfen, zum Beispiel bei Glatteis.

Max Affolter verliess jetzt seinen Beobachtungsposten am Claraplatz. Er war nun überzeugt, dass im Falle «Ursula Vogt» ein heimtückisches Verbrechen vorlag! Allerdings zweifelte er stark daran, dass Eduard Mathys mindestens als Alleintäter für diesen Mord in Frage kam. Es sah für ihn vielmehr so aus, als ob ein noch Unbekannter die schreckliche Tat diesem in die Schuhe schieben wollte. Wer aber konnte dies nur sein? – Ferner drängte sich auch eine Nachforschung über die Gründe auf, wieso Eduard Mathys das Computerpasswort, dieses «Sesam öffne dich» zu den Dateien von Frau Vogt, gekannt hatte. – Was bedeutete wohl «GOLDREGEN»? – Hiess dies bildlich genommen, dass es Gold regnete? Gab es für einen Goldschmied einen erfreulicheren Gedanken als diesen? – Oder war mit «GOLDREGEN» der vor Sommerbeginn so wundervoll blühende Strauch gemeint? – Welche Assoziationen gab es sonst noch zu «GOLDREGEN»? –

Etwa die Goldmarie aus dem Märchen? – Dann gab es ja noch den unheimlichen Begriff «gelber Regen». Dies war doch die Bezeichnung für einen tödlich wirkenden Kampfstoff, welcher im Fernen Osten während des Vietnamkrieges, erstmals für die Allgemeinheit bewusst, eingesetzt worden war. Kommissar Affolter erinnerte sich an einen Vortrag eines Spezialisten zu diesem garstigen Thema. Diese Mykotoxine waren Stoffwechselprodukte von Schimmelpilzen, welche vor allem auf vermodertem Getreide wuchsen. Als fettähnliche Verbindungen vermögen sie auch unverletzte Haut zu durchdringen. Sie sind auch sehr hitzestabil. Ihr Nachweis ist nur von Spezialisten durchführbar. Die Symptome einer solchen Vergiftung waren, neben Schwäche und erhöhtem Puls, Erbrechen und Durchfall. Die Überlebenszeit eines mit einer tödlichen Dosis vergifteten Opfers betrug drei bis vier Tage. Solche Kampfstoffe eigneten sich besonders zu Sabotagezwecken. Doch genug davon!

Unser Kommissar hatte heute morgen die Spur aufgenommen. Er wusste auf einmal, dass er den Fall «Ursula Vogt» bestimmt lösen würde. Voller Unternehmungslust machte er sich auf den Weg ins Büro im Spiegelhof. Er wusste jetzt, dass er seinen Basisplan zur Überführung des Täters noch leicht ergänzen musste. Das tat er dann auch noch im Verlaufe des Vormittags. Den so nachgeführten Plan verschloss er in seiner Pultschublade. Sollte ihm irgend etwas Unvorhergesehenes zustossen, so konnten sich seine Mitarbeiter an seinem Plane jederzeit orientieren!

VII. Adam Daum und Werner Abt

Es ist mittlerweile Donnerstag, der 12. März 1992, geworden. Die diesjährige Basler Fasnacht ist soeben ausgeklungen. Adam Daum erwartet in seiner einfachen Wohnung den ehemaligen Arbeitskollegen Werner Abt zum Nachtessen. Diesem und ihm selbst war vor knapp einem Jahr das Arbeitsverhältnis im Vogtschen Atelier gekündigt worden. – Allerdings hatte der gut zehn Jahre jüngere Werner Abt, im Gegensatz zu ihm, schon bald wieder in einem andern Goldschmiedeatelier einen neuen Arbeitsplatz gefunden. Die Arbeit dort und auch die ganze Berufsatmosphäre in diesem Kleinstbetrieb sagten ihm sehr zu. Dies liess ihn die Behaftung mit dem empfundenen Makel im Zusammenhang mit seiner Kündigung schnell vergessen.

«Fein, dass du so pünktlich kommst, Werner!» begrüsste Adam Daum sichtlich erfreut seinen Besucher. – «Wir wollen uns heute einen gemütlichen Abend leisten! Nach dem Essen werden noch die Mathys auf einen Sprung zu uns stossen. Es soll für dich eine Überraschung sein. Wir haben doch alle etwas zu feiern!» Dabei deutete er auf einen frisch in einem Wechselrahmen an die Wand gehängten Spruch. Zu seiner Konsternation las Werner Abt die folgenden, mit wunderbarer Zierschrift – wie es nur der kalligrafisch besonders begabte Adam Daum fertigbrachte – geschriebenen Worte:

Der Weg in die Ewigkeit
ist gar nicht weit!
Um halb acht ging sie fort,
um halb neun war sie dort!

Das passt zu Adam, wie er leibt und lebt, dachte Werner Abt für sich. Laut kommentierte er: «Die Ära Ursula Vogt ist jetzt für uns vorbei. Gott habe sie selig! Wir wollen uns jetzt doch wieder an der Gegenwart freuen, wie wir dies in früheren Tagen auch immer getan haben.» – Adam Daum schien die Bemerkung seines Freundes und ehemaligen Leidensgenossen unter Frau Vogts Regime nicht zu hören.

Nach einem einfachen Nachtessen, zu welchem sie nur Mineralwasser tranken und über ein paar besonders gelungene Sujets der eben vorbeigegangenen Fasnacht herzlich lachten, zogen sie sich in die Wohnstube zurück. Auf dem von einer Polstergruppe umrahmten Clubtischchen hatte Adam Daum zuvor schon Weingläser und ein paar Snacks für den gemütlichen Abend mit den Mathys bereitgestellt. – «Werner, hast du dir auch schon überlegt, warum wohl diese Hexe dem Eduard nicht ebenfalls gekündigt hat wie uns beiden? Meinst du auch, dass sie ihn schonen wollte? Schonen, weil er, als Ältester von uns dreien, sicher keinen neuen festen Arbeitsplatz als Goldschmied hätte finden können? – Eduard ist im Vergleich zu uns beiden ein introvertierter Typ. Dann ist er zudem gesundheitlich noch angeschlagen: die Nerven!» – Für die Leser: Dieser gleiche Adam Daum hatte bei seinem Besuch am Todestage von Frau Vogt bei den Mathys, wie wir uns erinnern, angeblich gesagt: «Deine Nerven möchte ich haben, Eduard!»

Werner Abt fand daraufhin: «Unser Eduard, gesundheitlich angeschlagen? Adam, das glaube ich nie und nimmer! Der ist doch kerngesund! – Natürlich hätte Frau Vogt Freude gehabt, wenn es so, wie du eben sagtest, gewesen wäre. Dann hätte sie endlich einen unverfänglichen Grund für seine Frühpensionierung mit zusätzlicher Invalidenrente gehabt. – Doch zugegeben, deine erste Bemerkung finde ich sehr interessant! Eduard hätte eigentlich als erster von uns dreien seine Stelle im Goldschmiedeatelier von Frau Vogt verlieren müssen. Denk nur daran, wie gemein Frau Vogt ihn bei jeder Gelegenheit, die sich nur bot, zu demütigen versuchte!» –

Eduard Mathys, das sei hier verraten, stand diese Hassausbrüche seiner Chefin jeweils mit stoischer Ruhe durch. Seine Freunde erinnerten sich, wie er ihnen auf ihre Fragen nach seinem Rezept, solche Demütigungen zu ertragen, jeweils sinngemäss etwa so antwortete: «Was stört es die Eiche, wenn sich die Sau an ihr reibt?» – Oder: «Es ist doch sinnlos, einen Ochsen ins Horn zu kneifen!» – Adam Daum geriet bei all diesen Erinnerungen in eine ganz boshafte Stimmung. – Spöttisch ahmte er ganz gekonnt den Tonfall von Frau Vogts Stimme nach: «Herr Mathys, Sie haben auf meine Fragen nur mit ‹Ja› oder mit ‹Nein› zu antworten! Merken Sie sich das endlich! – Alles andere will ich nicht hören, Herr Mathys! Nun antworten Sie bitte: Hat die Grösse des nach meinem genialen Entwurf von Ihnen als Fleissarbeit angefertigten Ringes mit dem einkarätigen Diamanten, top wesselton mit Smaragdschliff, für Frau Professor XY auch gepasst und deren Gefallen gefunden?» – Wie sollte man eine solche Doppelfrage mit «Ja» oder mit «Nein» beantworten, wenn die werte Kundin diesen Ring nicht annahm, obwohl er ausgezeichnet an ihren Finger passte? Aus unerfindlichen Gründen wollte sie plötzlich einen noch grösseren Diamanten für ihren Ring, aber diesmal mit einem Marquiseschliff, was natürlich eine total andere Fassung bedingte, kaufen. Schliesslich hatte die launische Kundin den letzteren Ring, den er speziell anfertigen musste, dann auch gekauft. – «Frau Vogt», ahmte Adam Daum jetzt den in dieser gespielten Situation antwortenden Eduard nach: «Der Ring hat wie angegossen gepasst, aber ...» – «Ich will keine Geschichten wissen, Herr Mathys, sondern nur Ihr ‹Ja› oder ‹Nein› hören! Sie versuchen immer abzuschweifen und mir keine klare Antwort zu geben!»

Mit diesem fiktiv gespielten Dialog sei der ausserordentliche Führungsstil der zu Recht verhassten Frau Vogt illustriert. Die beiden Berufskollegen hatten, wie wir wissen, bisher nur Mineralwasser getrunken. Adam Daum zitierte daraufhin zum Abschluss ganz aufgestellt den uns schon bekannten Wandspruch: «Der Weg in die Ewigkeit ...» Es läutete, Gott sei Dank! Die beiden Mathys kamen, wie erwartet, zu Besuch. Sie hatten zwei Flaschen Wein mitgebracht.

Die vier so gut Bekannten verbrachten einen gemütlichen und frohen Abend zusammen. Frau Ursula Vogt wurde im Verlaufe der weiteren Gespräche mit keinem Worte mehr erwähnt. – Eduard Mathys lobte seinen neuen Boss, Hans Gasser. Er ermunterte dabei Adam Daum, sich doch bei Hans Gasser für eine Stelle als Goldschmied zu melden. Er wisse mit Bestimmtheit, dass er wieder angestellt werden würde, zwinkerte er dem seit vielen Monaten arbeitslosen Kameraden zu. Werner Abt, der die Botschaft von Eduard mitbekommen hatte, wettete spontan mit Adam um einen Harass Bier, wenn diese Anstellung nicht zum Klappen kommen sollte.

Am nächsten Morgen klingelte bei Adam Daum um halb zehn Uhr das Telefon. Es war ein Anruf der Kriminalpolizei. Man hätte gerne einige Auskünfte im Mordfalle «Ursula Vogt» bei ihm eingeholt. Gegen zehn Uhr würden zwei Beamte bei ihm vorsprechen, wenn es ihm recht sei. – Natürlich war dies Adam Daum nicht recht, aber der Polizei gegenüber wollte er überhaupt nichts, also auch dies nicht, zugeben! Die Beamten seien bei ihm jederzeit herzlich willkommen, liess er heuchelnd den Anrufer wissen.

Gegen zehn Uhr war es dann soweit. Emil Klötzli und Daniela Müller sprachen bei Adam Daum vor. Emil Klötzli trug seinen normalen Strassenanzug. Daniela Müller war mit einem knöchellangen schwarzen Jupe, einer samtbesetzten Walkjacke mit Bauernmalereidessin und einem flauschigen Karomantel im Gobelinstil erschienen. Sie machte heute bewusst auf Masche «Nostalgie». Für die Leser ist zu sagen, dass diese Kleidungsstükke von einer sehr reich gewordenen Schulkollegin stammten. Diese schenkte ihr oft die kaum getragenen Kleider, weil sie praktisch die gleiche Figur besass und die Kollegin sich ihres Mannes wegen immer nach der letzten Mode kleiden musste.

Adam Daum hatte seine ungebetenen Gäste in sein Wohnzimmer geführt. «Darf ich Ihnen einen Kaffee servieren?» fragte er die beiden. Emil Klötzli lehnte natürlich dankend ab, aber Daniela Müller nahm das Angebot gerne an. Dabei liess sie ihr so charmantes Lächeln, welches ihre einmalig schönen und schon oft bewunderten Zähne voll zur Geltung brachte, spielen. «Sollte der Kaffee irgendwie präpariert sein, so ist Klötzli ja immer noch da!» dachte sie.

Dank dem immensen Vorrat an gesunder Lebenskraft hatte der arbeitslose Adam Daum bisher noch nie seine Entlassung durch Frau Vogt gefühlsschwach als Unglück gelten lassen. Ganz im Gegenteil erachtete er das augenblickliche Missgeschick als eine Art Exil, während welchem er für ein neues «Comeback» Kräfte sammeln konnte. Dann hatte er auch ganz der Rache gelebt, wie wir bereits von den Mathys her wissen. «Herr Daum, Sie können sich sicher vorstellen, weshalb wir gerade Sie um die Beantwortung einiger Fragen im Zusammenhang mit der tödlich verunfallten Frau Vogt bemühen wollen? Sie wurden ja, wie noch andere Personen, von Frau Vogt angeblich grundlos auf die Strasse gestellt!» eröffnete Emil Klötzli das Gespräch. Adam Daum machte einen souveränen Eindruck. Mit gekonnter Nonchalance meinte er: «So ist es natürlich nicht, wenn ich ganz ehrlich sein will! Frau Vogt hatte gute Gründe und auch absolut das Recht, mir zu kündigen! Ich bin eben nur ein durchschnittlicher Goldschmied. Ich beherrsche zwar mein Handwerk, aber ein wirklicher Könner bin ich nicht. Hans Gasser ist so ein begnadeter Mensch. Heutzutage gilt im Geschäftsleben die gleiche Maxime wie auf dem Bauernhof. Wenn eine Milchkuh ihre Leistung, also 30 Kilogramm Milch pro Tag, nicht mehr erbringt, so muss sie geschlachtet werden. – Wenn Sie mein Urteil über Frau Vogt hören wollen, so muss ich Ihnen sagen, dass sie bestimmt eine ganz aussergewöhnliche Frau war. Als Chefin scheffelte sie bestimmt so viel, wie der beste Arbeiter arbeitete! – Man kannn ihr nur gratulieren. Doch jetzt nützt es ihr nichts mehr. Das letzte Hemd hat eben keine Tasche.

Doch weiter: Ferner besass sie diese Art Luxusinstinkt, wie wir Goldschmiede ihn nur von Kurtisanen gewohnt sind. Diese sind – das wissen Sie ja besser als ich – für ihre märchenhaften Ansprüche bekannt und scheinen immer genügend Geld zur Verfügung zu haben. Das ist das Wesentliche dabei. – Sie hatte bestimmt viele Verhältnisse. Nur so ist es für mich zu erklären, dass es ihr gelang, unsern alten Chef, Peter Vogt, der die Güte selbst war, zu ehelichen. – Was möchten Sie sonst noch über Frau Vogt wissen?» – Daniela Müller meinte mit der unschuldigsten Miene: «Herr Daum, wie wir gehört haben, muss Frau Vogt in den Augen vieler eine Art Hexe gewesen sein. So soll sie Herrn Mathys, den Sie bestimmt noch kennen, bei jeder Gelegenheit bis aufs Blut schikaniert haben. Wie sehen Sie das?» – «Ha, Eduard Mathys, den meinen Sie doch? – Gestatten Sie mir den Ausdruck, der ist ein lieber, weltfremder Fachidiot mit ganz schwachen Nerven. – Es wundert einen, weshalb Frau Vogt diesen wirklich total unfähigen Mitarbeiter nicht schon längst entlassen hatte. Aber eben, wahrscheinlich ist er ein gemeiner Zuträger gewesen und hat alle Kolleginnen und Kollegen bei der Chefin verpfiffen. Anders ist dieser Sachverhalt für mich nicht zu erklären. Nun zu Ihrer Frage bezüglich des Schikanierens. Ich möchte diese Frage mit der Erzählung einer kleinen Episode beantworten. Also, eines schönen Tages fragte Frau Vogt – in Anwesenheit von uns allen – Herrn Mathys: ‹Sie als guter Katholik wissen doch sicher, ob von der Kirche aus ein Mann die Schwester seiner Witwe heiraten kann oder nicht?› – Mathys antwortete spontan: ‹Natürlich!› Worauf Frau Vogt herzlich lachte: ‹Nein, mein lieber Herr Mathys, ein Toter kann nicht mehr heiraten!›» Alle mussten schmunzeln.

«Der Kaffee mundet herrlich, Herr Daum.» – Daniela fuhr dann sofort weiter: «Wir haben klare Hinweise bekommen, dass sich Frau Vogt während der letzten Monate von Herrn Mathys irgendwie bedroht gefühlt haben musste. Was halten Sie, Herr Daum, davon?» – «Fräulein ... eh ...» – «Müller.» – «Ja, gut Fräulein Müller, das ist für mich ganz unvorstellbar. Herr Mathys bringt es kaum übers Herz, eine Fliege zu töten. Er ist abnormal sensibel – unter uns gesagt – eine Art Spinner! Geistig ist er immer noch auf der Stufe eines jugendlichen Weltverbesserers stehengeblieben. Er hat also bis jetzt noch nicht kapiert, dass man mit der Realität Frieden schliessen muss, wie wir alle dies schon längst getan haben. Wenn Sie meinen, dass Herr Mathys Frau Vogt vor den Bus gestossen hat, so kann ich nur lachen. Zu so etwas wäre der skrupelhafte Eduard Mathys – ganz abgesehen von seiner Nervenschwäche – nie fähig gewesen.»

«Wo haben Sie sich an jenem Freitag morgen um acht Uhr aufgehalten, als Frau Vogt tödlich verunfallt ist?» wollte Emil Klötzli ganz unvermittelt wissen. Zu sagen ist hier noch, dass er den Wandspruch, den wir ja kennen, inzwischen auch gelesen hatte. Adam Daum antwortete, ohne zu überlegen: «Ich war an jenem Freitag morgen zu dieser Zeit auf dem Arbeitsamt. Ich habe mir gedacht, dass ich danach einmal von der Polizei gefragt werden würde.» – «Können Sie das beweisen, Herr Daum?» – «Kein Problem, wir sind fast immer die gleichen Kunden, welche sich dort kurz treffen. An jenem Freitag ist Hugo Ledermann vor mir in der Reihe gestanden. Er hatte wieder einmal, mit einem seiner unzähligen Tricks, zwei von uns hereingelegt, so dass er uns beim Anstehen überholen konnte.»

Auf die Frage, was er damit meinte, erklärte Adam Daum, dass Hugo Ledermann ihn und einen weitern zu diesem Zeitpunkt vorgeladenen Mann beim Betreten des Arbeitsamtes gefragt habe, ob einer von ihnen eben etwas verloren habe? Als sie beide dann zu Boden geblickt hätten, habe sich Hugo Ledermann vor sie in die Reihe gestellt. Scheinheilig habe er noch gehöhnt: «Gut, dass ihr nichts verloren habt!» – Sie hätten sich nicht darüber geärgert, denn dieser Hugo Ledermann sei weitherum als Prototyp eines Mistfinks bekannt. Er gelte in gewissen Kreisen sogar als Polizeispitzel! – «Fragen Sie, Herr Klötzli, doch bitte diesen Hugo Ledermann, ob wir beide nicht um zirka acht Uhr in der Reihe beim Arbeitsamt angestanden seien, bis wir an jenem Freitag unsern ‹Stempel› erhalten hätten.» – Emil Klötzli registrierte, dass, falls diese Aussage zutraf, Hugo Ledermann den Eduard Mathys zum brieflich gemeldeten Zeitpunkt nicht am Claraplatz hatte sehen können! Es war auch aufschlussreich, dass Hugo Ledermann noch Arbeitslosengeld beanspruchte.

Auch Daniela Müller hatte die Wichtigkeit dieser Aussage voll mitbekommen. Sie erinnerte sich dabei wieder an Einzelheiten bei jenem Besuch – zusammen mit Claudia Denner – im abscheuerregenden Büro dieses Herrn Ledermann. Aus dem Gedächtnis versuchte sie sich das ihr damals geradezu diabolisch vorgekommene Gesicht dieses so ungepflegten Mannes wieder zu vergegenwärtigen. Kurz darauf verabschiedeten sich die beiden Angehörigen der Basler Kriminalpolizei dankend von Adam Daum. Dieser hatte selbst keine Ahnung, welch folgenschweren

Hinweis er der Polizei unfreiwillig mit der Darlegung seines Alibis gegeben hatte.

Etwa zur gleichen Zeit sprachen Claudia Denner und Paul Märki im Goldschmiedeatelier, in welchem Werner Abt jetzt arbeitete, unangemeldet vor. Vom verdutzten Patron holten sie sich kurzfristig das Einverständnis, Herrn Abt, als ehemaligen Mitarbeiter von Frau Vogt, gerade jetzt um ein paar Auskünfte zu bitten. So kam es, dass plangemäss parallel zur eben geschilderten Befragung von Adam Daum das Zweiergespann Claudia Denner und Paul Märki sich mit Werner Abt über dasselbe Thema dienstlich unterhielt.

Werner Abt, der wie Adam Daum mit einer solchen Befragung früher oder später gerechnet hatte, beantwortete bereitwillig, wie es schien, die an ihn gerichteten Fragen. Er gab unumwunden zu, dass Frau Vogt fast überall unbeliebt bis verhasst gewesen sei. Es sei für ihn verwunderlich, dass eine Frau, welche so viele Feinde besessen habe, überhaupt erfolgreich ein Geschäft habe führen können. Dies vor allem, wenn er an das chinesische Sprichwort denke: «Wer kein freundliches Gesicht hat, darf keinen Laden führen.»

Ich glaube, wir sollten jetzt Werner Abt und seine Befrager verlassen, da eigentlich nichts für uns Neues zutage gekommen ist. Vielleicht wäre noch zu erwähnen, dass Werner Abt von den beiden Kriminalbeamten als «ordliger Bürger» eingestuft wurde. Was im Klartext bedeutete, dass dieser sich durch Machiavelli-Typen dauernd täuschen liess.

VIII. Polizeidirektor Harzenmoser lässt sich orientieren

Endlich war es soweit. Der erste grosse Berichterstattungsrapport im Falle «Ursula Vogt» konnte heute Montag, den 23. März 1992, über die Bühne gehen. Schon kurz nach acht Uhr morgens hatten sich die Hauptakteure im kleinen Theoriesaal des Spiegelhofs eingefunden. Daniela Müller und Claudia Denner sowie die beiden Detektive Emil Klötzli und Paul Märki trafen mit gewohnter Umsicht die letzten Vorbereitungen für die sorgfältig geplante Präsentation vor ihrem so souveränen, alles für selbstverständlich hinnehmenden Polizeidirektor Harzenmoser.

Punkt halb neun Uhr traf dieser in Begleitung von Kommissar Max Affolter ein. Daniela Müller übernahm die offizielle Begrüssung. Diese war sehr kurz und leitete direkt zu der mit einem Hellraumprojektor mehrfarbig auf einer Leinwand präsentierten Traktandenliste über. Letztere wies zu jedem Punkt auf den jeweils vorgesehenen Hauptreferenten sowie auf die ungefähr dazu benötigte Zeit hin.

Polizeidirektor Harzenmoser hatte an einem Arbeitstisch in der dritten und zugleich hintersten Reihe Platz genommen. Sein sonnengebräuntes Gesicht war ein augenfälliger Beweis für das traumhaft schöne Wetter während seiner eben zu Ende gegangenen Winterferien in Klosters. Aus einem mitgebrachten Aktenkoffer entnahm er einen Stapel Papiere, zur Hauptsache Kopien der während seiner Ferien eingegangenen Briefe und Aktennotizen. Beim Durchsehen dieser Papiere konnte er sich rasch ein Bild zu den laufenden Geschäften machen.

Der Polizeidirektor bevorzugte es, während einer Präsentation seiner Mitarbeiter eine damit nicht zusammenhängende Arbeit zu erledigen und die Zeit nicht mit reinem Zuhören zu vergeuden. Man könne ja auch eine Pfeife rauchen und gleichzeitig zuhören! Mit dieser einst so geäusserten Spitze hatte der Polizeidirektor seinen Kriminalkommissar in die Schranken gewiesen, als dieser einmal versucht hatte, seinem Chef anzudeuten, dass es unhöflich sei, während einer Präsentation der Mitarbeiter eine damit nicht zusammenhängende Arbeit zu erledigen. Für die Leser dürfte es zwar selbstverständlich sein, dass Max Affolters damaliger Standpunkt, abgesehen von den Parlamentariern, heute auch von gewissen Betriebsberatern als komplett veraltet beurteilt wird. Diese raten vielmehr den mächtigen obersten Chefs, mit einer einseitigen Videokonferenz ihren Referenten zuzuhören und nach jeweiliger Lust und Laune auch zuzusehen. Ob sie dabei eine Zeitung lasen, den Börsenbericht studierten oder sich an einem Drink gütlich taten, fernsahen oder sich von einer persönlichen Hostess verwöhnen liessen, war ja einerlei. Zwischendurch jedoch sollten sie – sagen wir zynischerweise – fast spasseshalber ihr Mikrofon einschalten und mit respektfordernder Stimme, ihren untrüglichen Blick für Kleinigkeiten markierend, dem erstaunten Referenten über den Äther ein paar kritische Fragen stellen. Unglaublich, aber irgendwie bezeichnend für unsere Zeit ist nur, dass sich die Mehrzahl der so gehandhabten Referenten noch gebauchpinselt vorkommt, wenn der so gestresste oberste Chef mit seinem legendären 18- bis 20-Stunden-Tag an ihren Ausführungen teilnimmt. – Zum Glück war es bei der Basler Polizei doch noch nicht so weit gekommen. Polizeidirektor Harzenmoser handelte im Blickfeld seiner Mitarbeiter. Er brauchte sich also nicht zu schämen.

Daniela Müller behandelte eben Traktandum Nummer 1: Hugo Ledermann. Mit knappen Worten schilderte sie den uns bekannten Verlauf ihres Besuches, zusammen mit Claudia Denner, im so abstossend wirkenden Büro von Hugo Ledermann. Dieser Besuch war ja eine direkte Folge des uns bekannten, an Frau Vogt gerichteten Briefes mit der Aussage, dass sich Eduard Mathys am 28. Februar kurz nach acht Uhr am Claraplatz, auf der Traminsel Richtung Riehen Grenze, aufgehalten habe. Dass diese schriftlich gemachte Aussage falsch und somit wertlos war, ja geradezu das Delikt einer falschen Zeugenaussage erfüllte, wurde jedermann klar, als Daniela Müller auf ein Dokument hinwies, das der jedem Anwesenden zuvor ausgehändigten Dokumentation beigelegt war. Dort konnte man in einer beglaubigten Bescheinigung lesen, dass Hugo Ledermann zu jenem Zeitpunkt, wie ebenfalls Adam Daum, zu einem der zweimal wöchentlichen Meldebesuche auf dem Arbeitsamt, an der Utengasse 36, vorgeladen und tatsächlich auch pünktlich erschienen war. Auf die diesbezüglich direkte Befragung von Hugo Ledermann in der vergangenen Woche durch Paul Märki hatte ersterer schliesslich grinsend zugegeben, dass er ... Doch hören wir uns jetzt ein Tonband mit der Aufzeichnung dieses Gespräches an: «Wissen Sie, Herr Polizist», hörten jetzt alle die ihnen zum Teil schon bekannte Stimme von Hugo Ledermann antworten. «Frau Vogt war eine ganz andere Person als ich oder Sie! Die wusste genau, was ich zu sehen und ihr dann zu berichten hatte. Anfänglich habe ich immer ihre zuvor geäusserten Vermutungen an Ort und Stelle überprüft, aber schliesslich bin ich intelligent und habe meine diesbezügliche Berufserfahrung. Eine Hand wäscht die andere! Nachdem die präzisen Voraussagen von Frau Vogt bezüglich Eduard Mathys' fünfmal auf das i-Tüpfelchen eingetroffen waren, habe ich einfach angenommen, dass sie mit ihren Vorhersagen auch weiterhin recht haben werde. Folglich habe ich ihr immer ein kurzes Schreiben zugestellt und die gewünschte Aussage bestätigt, also, dass ich Herrn Mathys dort und dort zu dem und dem Zeitpunkt gesehen habe. Natürlich habe ich immer eine Rechnung für 50 Franken gestellt. Weil diese Rechnungen jeweils prompt bezahlt wurden, habe ich mir keine weiteren Gedanken gemacht. Schliesslich bin ich intelligent! Schade, dass Frau Vogt nicht mehr unter uns weilt. Sie war eine nie versiegende Einnahmequelle, fast wie das Arbeitsamt, von dem ich – übrigens ganz zu Recht – meinen Anteil als Teilzeitarbeitsloser beziehe.» – Nun hörte man Paul Märkis Stimme antworten: «Ob zu Recht, Herr Ledermann, dies wird in Ihrem Falle das Arbeitsamt entscheiden!»

Damit wurde das Abspielen dieses kurzen Ausschnittes aus Paul Märkis Tonbandaufnahme beendigt. Allen war jetzt klar geworden, dass Herr Ledermann eine ganz dubiose Rolle spielen musste. Allerdings wusste niemand, wie weit er dabei die Regie führte oder bloss ein geeigneter Mitspieler war. Wie nur hatte

Frau Vogt die Dienste eines solchen Menschen ausfindig machen und annehmen können? Diese und noch viele weitere Fragen wurden von den Anwesenden, für den Moment noch unbeantwortbar, in den Raum gestellt. – Einzig die simple Standardfrage, wer durch den Tod von Frau Vogt zu einem materiellen Vorteil gekommen war, liess sich teilweise beantworten. So figurierte der junge Goldschmied Hans Gasser im Testament von Frau Vogt als ihr alleiniger Erbe!

Traktandum Nummer 1 war damit erledigt, und Paul Märki erhob sich nun und schritt nach vorne, um zum nächsten Traktandum, Eduard Mathys, zu referieren. – «Herr Polizeidirektor, meine Damen und Herren! Ich habe den Auftrag, Ihnen die uns bis jetzt bekanntgewordenen Tatsachen bezüglich eines möglichen Verstricktseins von Eduard Mathys in den Todesfall von Frau Ursula Vogt darzulegen.» – Mit knappen Worten schilderte Paul Märki nun die auch uns bis jetzt bekanntgewordenen Fakten. So erwähnte er die Verdächtigung von Herrn Mathys als eventuellen Mörder im Telefax von Frau Dr. iur. Doris Jäggi an Polizeidirektor Harzenmoser. Anschliessend kam er auf die Hausdurchsuchung in der Vogtschen Villa zu sprechen. Vor allem berichtete er über die Entdeckung des makabren Spinnennetzbildes auf der Rückseite des Scherenschnittes von Walter von Gunten. Dabei zeigte er zuerst ein Übersichtsdiapositiv des gesamten Spinnennetzes. Dann erst kam er mit je einem separaten Diapositiv zu den einzelnen Beutetieren mit erkennbaren Menschengesichtern. Man sah so der Reihe nach die Gesichter von Eduard Mathys, Werner Abt, Peter Vogt, Chantal Tomasetti, Alice Christen und Adam Daum. Peter Vogt war der einzige der so identifizierten Menschen, welcher – abgesehen von der Spinne mit Frau Vogts Gesichtzügen – nicht mehr am Leben war. Alle übrigen waren bis auf Herrn Mathys ehemalige Mitarbeiterinnen oder Mitarbeiter der Goldschmiedeateliers von Frau Vogt. – Warum hatte diese nach dem Tode ihres Gatten die beiden Ateliers nicht zusammengelegt? – War dies zum jetzigen Zeitpunkt überhaupt noch eine sinnvolle Frage? – Warum hatte sie sich eigentlich von so vielen ihrer Mitarbeiter getrennt? – Für diese Kündigungen der Arbeitsverhältnisse musste es doch einen Grund geben! – Wo war der rettende Ariadnefaden aus diesem Labyrinth der Gedankengänge einer Frau Vogt? Je mehr die Anwesenden nach einer plausiblen Antwort suchten, desto schwieriger und unlösbarer erschien ihnen dieses Ansinnen.

Paul Märki kam dann auf das so geschickte Öffnen der Nürnberger Truhe mit der Klingelalarmeinrichtung und dem verblüffenden Schatz aus Gold und Edelsteinen zu sprechen. Hier schaltete sich Polizeidirektor Harzenmoser unvermittelt ein. Er tat dies mit monotoner Stimme, quasi nebenbei und ohne sich von der ihn beschäftigenden Postsichtung abzuwenden. «Herr Märki, würden Sie bitte dieses Schriftstück hier vorlesen!» Paul Märki nahm das ihm vom Polizeidirektor über Daniela Müller und Emil Klötzli nach vorne gereichte Schriftstück entgegen. Er sichtete es kurz. Dann begann er: «Ich möchte Ihnen diesen eingeschriebenen Brief an die Privatadresse unseres Polizeidirektors vorlesen. Dieser Brief wurde ihm offensichtlich in die Ferien nachgesandt. Die Absenderin ist die uns allen bekannte Frau Dr. iur. Doris Jäggi.

Herr Polizeidirektor Harzenmoser
Hiermit möchte ich mich in einer ganz delikaten Angelegenheit an Sie wenden! Hans Gasser, der alleinige Erbe des nicht unbeträchtlichen Vogtschen Vermögens, hat mir gegenüber einen schrecklichen Verdacht bezüglich der verstorbenen Frau Ursula Vogt geäussert. Er vermutet, wie nachträglich jetzt auch ich, dass Frau Vogt sich als Hehlerin ganz grossen Stils im europäischen Schmuckhandel betätigt habe. Dass sie also gestohlene Schmuckgegenstände billig erwarb und dieses Diebesgut, in neue Schmuckstücke umgearbeitet, en gros weiterverkauft habe.
Hans Gasser, den ich via Frau Vogt zuerst geschäftlich und dann auch privat kennengelernt habe, begründete mir gegenüber seinen Verdacht mit dem folgenden, hier wiedergegebenen Erlebnis. Eines Abends, nach Einbruch der Dunkelheit, habe ihn ein Unbekannter auf dem Heimwege

vom Atelier unvermittelt angesprochen: «Sie sind doch Hans Gasser, der neue Inhaber der beiden Vogtschen Goldschmiedeateliers?» – Als er dies bejahte, habe ihn jener sofort geduzt und weitergefragt: «Unser Nadinchen hat dich doch sicher in die so lukrative Aktion ‹GOLDREGEN› eingeweiht?» – Als er daraufhin dem Unbekannten mit «Nein» geantwortet habe, hätte ihn dieser in der Dunkelheit drohend angeblickt: «Mir gegenüber kannst du dich schon zu erkennen geben, Bürschchen!» – Daraufhin habe Hans Gasser sich sofort hinter der Fassade eines Eingeweihten geschützt und dem Unbekannten spontan geantwortet: «Aber doch klar, Mann. – Was genau wünschest du jetzt von mir? Wann haben wir den Termin für den nächsten ‹GOLDREGEN›?» – «Wann immer du willst. Die Ware ist bereit! Ich möchte nur meine zweihundert 500-Franken-Noten in Briefkuverts à je zehn Noten gebündelt. Diese zwanzig Kuverts kannst du mir in einem Plastiksack übergeben und dafür meinen Sportsack in Empfang nehmen. Wann passt es dir nun?» – Hans Gasser habe sich daraufhin auf Dienstag, den 7. April 1992, 12 Uhr bei der Sonnenuhr vor der Mustermesse als Fixpunkt für diese Übergabe verabredet! – «O.k., fortan bist du unser Nadinchen! Wisse, ich bin nämlich der einzige, der Nadinchens Identität gekannt hat. Niemand soll wissen, dass das erste Nadinchen nicht mehr lebt! Meine Kontaktadresse ist dieser Hut hier! Sobald du ihn in der Öffentlichkeit trägst, werde ich innerhalb weniger Tage mit dir Kontakt aufnehmen. Also, wenn du das Bedürfnis hast, mich zu treffen, so musst du nur diesen Hut in der Öffentlichkeit tragen.»
Dann war der Unbekannte wie vom Erdboden verschwunden. Die ganze folgenschwere Begegnung hatte nur wenige Minuten gedauert. Weil es am Einnachten war, hatte der verblüffte Hans Gasser sich kaum ein Bild von diesem Unbekannten machen können. Am 7. April 1992, um die Mittagszeit, hofft er, sich ein genaueres Bild von diesem Manne machen zu können. Auf Grund all dieser Gescheh-

nisse beschlossen wir beide, dass ich Sie umgehend über diesen Fall informieren sollte. Hans Gasser befürchtet, dass er von diesem Unbekannten beschattet wird. Wie sonst, sagten wir uns, könnte sein «Huttragen» in der Öffentlichkeit jederzeit ein gewünschtes Treffen mit dem Unbekannten signalisieren?
In Erwartung Ihrer geschätzten Antwort verbleibe ich

mit freundlichen Grüssen

gezeichnet Doris Jäggi

beendete Paul Märki das Vorlesen des ihm überreichten Briefes. Der Inhalt des Schreibens hatte seine Wirkung nicht verfehlt! Die meisten Zuhörer waren verblüfft, dass der Polizeidirektor im Besitze eines solchen Schreibens war. – Dass er dieses im bestgewählten Zeitpunkt vorlesen liess, war verständlich. Das passte ganz zu ihm. Er verstand es ja seit jeher meisterhaft, den richtigen Moment für eine Furore machende Aktion zu wählen. Paul Märki liess sich allerdings nicht aus dem Konzept bringen! Vielmehr meinte er: «Herr Polizeidirektor, meine Damen und Herren, ich bin froh, dass ich Ihnen dieses Schreiben vorlesen durfte! Es vereinfacht vieles und nimmt etwas voraus, das ich Ihnen demnächst bekanntgeben wollte.

So hatte mich Kommissar Affolter am Montag nach der Hausdurchsuchung beauftragt, alle Schmuckstücke aus der besagten Nürnberger Truhe sicherzustellen. Dann haben wir ein Gutachten von einem Sachverständigen der Oberzolldirektion verlangt. Wir wollten wissen, ob es sich bei diesem Schmuck eventuell um Diebesgut handeln könnte. – Jetzt bin ich natürlich froh, dass ich mit dem eben vorgelesenen Brief eine Untermauerung meiner weiteren Ausführungen bekommen habe! Also zurück zu diesem Sachverständigen. Als erstes hat er alle Opale aus dem märchenhaft funkelnden Truhenschatz einer sorgfältigen Prüfung unterzogen. Dabei konnte er uns beweisen, dass einige dieser Steine effektiv als gestohlen galten. Ich möchte Ihnen den spektakulärsten Fall beispielhaft für viele andere präsentieren.

Sie sehen jetzt auf diesem Diapositiv zweimal denselben herzförmig geschliffenen, schwarzen Feueropal. Links sehen Sie ihn in der als gestohlen gemeldeten, mit echten Diamanten umrandeten Brosche. Rechts erkennen Sie denselben Opal in einer billigen, vergoldeten Fassung als Anhänger. Bitte konzentrieren Sie sich jetzt auf den Opal! Links sehen Sie ihn so, wie er auf den Fotos des bei einer Versicherung als gestohlen gemeldeten Schmuckstückes abgebildet ist. Rechts erkennen Sie haargenau denselben Opal. Allerdings mussten wir die Beleuchtung ganz speziell arrangieren, um dasselbe grossartige Farbenspiel zu erhalten. Dieser herzförmig geschliffene Feueropal aus Australien hat einen Wert von über 100 000 Schweizer Franken. – Wie Sie sich mit etwas Phantasie vorstellen können, zeigt dieser Opal das Bild eines roten Blumenstrausses auf dunkelblauem Hintergrund, wobei überdies dessen Stengel unten mit einem gelben Band zusammengehalten sind.» Jedermann erfasste tatsächlich dieses Bild, welches nur bei diesem speziell gewählten Lichteinfall in Erscheinung trat. Instinktiv verstand ein jeder, dass es dieser Umstand war, welcher den sagenhaften Wert dieses Opals ausmachte.

Paul Märki schmückte sich nun mit den Federn des sachverständigen Gemmologen, als er belehrend weiterfuhr: «Der lapislazuli- bis saphirblaue Hintergrund im oberen Teil dieses Opals zeigt das sogenannte ‹Harlekin-Feuer›, benannt nach dem uns Basler Fasnächtlern ja vertrauten Harlekinmuster. Diese Flächen wechseln, je nach Lichteinfall, ihre Farbe schlagartig, so dass das Karomuster erhalten bleibt. Die im oberen Zentrum aus dem blauen Hintergrund aufleuchtenden, roten Blüten sind charakteristisch für eine Erscheinung, die mit Streufeuer bezeichnet wird. Die darunter anschliessenden grünen Blätter sind typisch für ein als Flächenfeuer bezeichnetes Phänomen. Ebenso gilt dies für die gelb erscheinende Schlaufe ganz unten. – Wenn ich Ihnen nun sage, dass mit jeder Veränderung des Lichteinfalls eine fix festgelegte Veränderung der Farbe einhergeht, so muss Ihnen klar sein, dass es sich bei den beiden hier gezeigten Abbildungen um ein und denselben Stein handelt. – Da es sich bei diesem Opal um ein sehr kostbares Schmuckstück handelt, hatte sein Besitzer seinerzeit den Opal unter drei verschiedenen Lichteinfallswinkeln fotografieren lassen. Auch wir haben die ganz analogen Bilder rekonstruieren können, wie Sie sich an Hand des folgenden Dias vergewissern können. Links und rechts oben sehen Sie nochmals die Abbildung des Blumenstrausses, wie auf dem eben gezeigten Bild. Links darunter sehen Sie noch zwei weitere Abbildungen des grossartigen Farbenspiels dieses Opals. Allerdings ist der Blumenstrauss bei diesen Lichteinfällen nicht mehr erkennbar. Rechts sehen Sie jedesmal das von uns identisch rekonstruierte Farbenspiel. Der einzige Unterschied besteht in der Fassung des Schmuckstückes. – Ich glaube, es ist mir gelungen, Ihnen quasi eine Fingerabdruck-Identifizierung dieses Schmuckstückes vor Augen zu führen. – Bei dem hier gezeigten Opal aus der Nürnberger Truhe handelt es sich zweifellos um Diebesgut! Den eben vorhin im Brief geäusserten Verdacht, dass Frau Vogt eine Hehlerin gewesen sei, können wir somit nur bestätigen. – Das ganze Drum und Dran an dieser Angelegenheit muss noch sorgfältig und umfassend untersucht werden. Wir müssen die Komplizen von – ich sage jetzt ‹Nadinchen› – finden!

Doch nun möchte ich mit meinen Ausführungen zum Thema Eduard Mathys weiterfahren! Er war es, welcher uns das Computerpasswort ‹GOLDREGEN› offenbart hat. Wie nur kam er in den Besitz dieses Passwortes? – Warum hat er, von Max Affolter angesprochen, auch einen Knackversuch zu wagen, zuerst ‹HELGOLAND› gesagt und daraufhin selbst dieses Schlüsselwort ‹GOLDREGEN› eingetippt? Auch diesen Fragen müssen wir sorgfältig nachgehen! – Es sei hier daran erinnert, dass wir bezüglich des verschobenen Zahnarzttermins immer noch im Ungewissen tappen. Gab es wirklich diesen Telefonanruf mit einer weiblich klingenden Stimme an Frau Denise Mathys am Vorabend des Todestages von Frau Vogt? Doch auch hier werden wir Klarheit zu schaffen wissen. – Ganz unverständlich ist in diesem Zusammenhang das – gemäss Computerdatei – vereinbarte Treffen von Frau Vogt mit Herrn Mathys an jenem 28. Februar um 8.15 Uhr am Claraplatz! Wusste Herr Mathys überhaupt etwas von diesem Treffen? Denn ich muss Ihnen, meine Damen und Herren, jetzt eröffnen, dass wir gute Gründe haben anzunehmen, dass Herr Mathys an jenem Freitag um halb neun Uhr mit dem Tram Nummer 15 zwischen Barfüsserplatz und Schifflände unterwegs war. Er war zu dieser Zeit auf dem Wege zum Zahnarzt, welcher seine Praxis in der Nähe des Claraplatzes hat. – Dass wir zu diesem Wissen kamen, verdanken wir dem Sohne von Eduard Mathys! Dieser wollte uns unbedingt ein Alibi für seinen Vater liefern. Wie es im Moment aussieht, hat er dies auch geschafft. Es scheint, dass dieses Alibi hieb- und stichfest ist. Allerdings beruht es auf einem fast unglaublichen Zufall!

Wie Ihnen bekannt sein dürfte, überprüfen Beamte der BVB (Basler Verkehrsbetriebe) stichprobenweise die Fahrausweise der Tram- und Buspassagiere. Wegen Unregelmässigkeiten bei den Umweltschutz-Abonnementen hat sich die Praxis eingebürgert, dass gegen Ende des Monats diese Kontrolleure ganz beliebig einige Umweltschutz-Abonnemente zu speziellen Kontrollzwecken einziehen. Dem betreffenden Fahrgast wird dafür eine Fahrkarte übergeben, welche bis Ende des Monats sein eingezogenes Umweltschutz-Abonnement ersetzt. Dieses Kärtchen hat Frau Mathys beim Reinigen in der Tasche eines Anzuges ihres Mannes gefunden und den zufällig anwesenden Sohn gefragt, ob diese Karte noch gültig sei. Aus diesem Frage-, Rat- und Antwortspiel ergab sich nun die Hoffnung, einen Beweis dafür zu erhalten, dass Eduard Mathys eventuell an jenem Freitag in dem kontrollierten Tram gefahren war und sein Abonnement zu Kontrollzwecken eingezogen worden war.

Adrien informierte uns über diese Möglichkeit, nachdem der Vater ihm gesagt hatte, es sei sehr gut möglich, dass er wirklich an besagtem Freitag, auf dem Wege zum Zahnarzt, in diese Kontrolle gekommen wäre. Kurz und gut, unsere Nachforschungen bei der BVB ergaben, dass das Umweltschutz-Abonnement von Herrn Mathys effektiv an jenem Freitag um zirka 8.30

Uhr auf der Strecke zwischen Barfüsserplatz und Schifflände im Tram Nummer 15 eingezogen worden war. Die Kontrolleure führen jeweils Buch über die überprüften Tramzüge. – Allerdings ist dies kein 100prozentiger Beweis, dass Eduard Mathys und nicht jemand anders mit seinem Abonnement zu dieser Zeit mit dem Tram Nummer 15 gefahren ist! Bewiesen ist streng genommen nur, dass der damalige Träger des Abonnementes auf jener Strecke gefahren ist. Doch müssen wir mit mehr als 95prozentiger Wahrscheinlichkeit davon ausgehen, dass Eduard Mathys der Träger des Abonnementes gewesen ist! – Dann aber muss man folgern, dass er an den verschobenen Zahnarzttermin geglaubt hat und dass er von seiner angeblichen Abmachung mit Frau Vogt am Claraplatz nichts gewusst hat. Zahnarzttermin und diese Abmachung wären ja zeitlich ursprünglich unvereinbar gewesen!

Auch die Falschaussage von Hugo Ledermann deutet auf ein abgekartetes Spiel hin. – Die kühne Frage lautet: ‹Wollte Frau Vogt irgendwelche Beweise, dass Eduard Mathys zu jener Zeit am Claraplatz gewesen ist?› – Wenn wir diese Frage spekulativ mit ‹Ja› beantworten, so hilft uns dies nicht sehr viel, denn wir wissen immer noch nicht, weshalb Frau Vogt dies so gewollt haben sollte.»

Polizeidirektor Harzenmoser hatte jetzt seine Postdurchsichtsarbeit kurz unterbrochen und lauschte gespannt den Ausführungen von Paul Märki. – Ja, das war ein Kernpunkt im Falle ‹Ursula Vogt›, sagte er sich. Sein Blick wandte sich nun auf den neben ihm sitzenden Kommissar Affolter. Doch dieser liess sich nichts anmerken. Allerdings verriet sein intensives Paffen an seiner Pfeife den eingeweihten Beobachtern, dass der alte Fuchs eine frische Fährte aufgenommen hatte und seiner Beute sicher zu sein schien!

Paul Märki fuhr nun weiter: «Es ist vielleicht noch interessant zu wissen, dass die Scheibe am Tramhäuschen vom Claraplatz über das Wochenende vom 22. auf den 23. Februar zertrümmert worden ist. Wir wissen heute sogar, womit diese Scheibe im Rückwandsegment, durch welches Frau Vogt auf die Fahrbahn des Busses gestürzt ist, eingeschlagen wurde! Hier, meine Damen und Herren, sehen Sie diesen Gegenstand!» Dabei zeigte er ein in Plastik verpacktes Rollbrett vor. «Damit wurde die Scheibe eingeschlagen! Unser Spurensicherungsdienst hat an der beschädigten Nase dieses Skateboards ganz feine Glassplitterchen der betreffenden Sicherheitsglasart festgestellt. – Ein langjähriger Angestellter der BVB, welcher die Scherben der geborstenen Scheibe wegschaffen musste, hatte uns bei seiner Befragung auf diese Idee gebracht. Er sagte uns, dass diese Scheibe bestimmt wieder mit einem Rollbrett eingeschlagen worden sei! Wieso er dies vermute, wollten wir wissen. Ganz einfach, erwiderte dieser. Aus dem Demonstranten-Milieu hätte man ihn belehrt, dass gewisse typische Farbspuren an den Scherben ein untrügliches Zeichen dafür seien, dass die jeweilige Scheibe mit einem Rollbrett eingeschlagen worden sei.

Ein Skateboard eignet sich vom Standpunkt eines Rowdys aus gesehen ganz besonders für eine solche Aktion. Einmal lässt es sich, ohne Verdacht zu erregen, mit sich führen. Dann kann es einem im Überraschungsfall auch noch zur raschen Flucht verhelfen. Dies besonders in späten Nachtstunden, wo nur noch wenige einen hindernde Passanten unterwegs sind. Auch die Beseitigung eines Rollbretts ist ein Kinderspiel und stellt bis auf die für kurze Zeit eventuell noch warmen Rollen kein Problem dar.

Dieses inkriminierte Rollbrett wurde auf dem Estrich der Vogtschen Villa in Riehen sichergestellt. – Geradezu grotesk erscheint nun das Folgende: Dieses Rollbrett war am 21. Februar, 1992 in einem Sportgeschäft erstanden worden, und zwar von Eduard Mathys. Dieser hat es dann noch gleichentags, wie wir mit Sicherheit wissen, als Geschenk verpackt, ins Goldschmiedeatelier gebracht. – Am Donnerstag, dem 24. Februar, hat er es dann dort als Doyen aller Angestellten der Chefin mit den besten Glückwünschen der Belegschaft zum Geburtstag überreicht. Diese hat es vor den Augen aller Angestellten ausgepackt und sich dabei riesig gefreut! Wie wir heute wissen, hat sich Frau Vogt dieses Sportgerät ganz speziell von ihren Angestellten zu ihrem runden Geburtstag gewünscht. Einige meinten, die so reisefreudige Frau

Vogt würde das Rollbrett zum Transport ihrer oft schweren Reisekoffer benützen wollen.

Aus dem Umstand, dass Eduard Mathys das Rollbrett erstanden und dann ein paar Tage später auch als Geschenk Frau Vogt überreicht hat, könnte man ohne weiteres darauf schliessen, dass auch er die Scheibe eingeschlagen hat. Hier, das verrate ich Ihnen, laufen unsere Abklärungen auf Hochtouren! – Nur noch soviel sei dazu verraten: Eduard Mathys war über jenes Wochenende an einem Familientreffen in Solothurn. Es ist somit erwiesen, dass er die Scheibe nicht eingeschlagen haben kann!»

Paul Märki erklärte jetzt sein Referat für beendet und bat Claudia Denner, zum nächsten Thema zu berichten. Diese stand charmant lächelnd auf und begab sich leichten Schrittes nach vorne, um über Adam Daum und Werner Abt, als letztes Traktandum, zu berichten. Ihren sehr interessanten Ausführungen war nichts für uns Neues zu entnehmen, so dass wir unsere Berichterstattung von diesem ersten grossen Rapport zum Falle «Ursula Vogt» abschliessen können.

IX. Kommissar Affolter und Eduard Mathys

«Das ist aber eine Überraschung, wohin Sie mich heute abend geführt haben! Ich erinnere mich noch ganz gut an die Zeit, wo dieses Gartenhäuschen als schmucker Kiosk die Heuwaage (Platz in der Basler Innenstadt) zierte!» meinte Eduard Mathys zu Kommissar Affolter. – «Ja, ja, das war so bis 1949. Dann wurde das Heuwaage-Hochhaus gebaut. Mein Vater hat damals den dem Abbruch geweihten Kiosk samt Sockel gekauft und hier in Dornach auf einem ihm gehörenden Grundstück aufgestellt», antwortete dieser, während er die fünf Schlösser der innen mit Eisenträgern beschlagenen Türe öffnete. Die fünf dazu benötigten Schlüssel waren von ganz unterschiedlicher Art. Vom überdimensionierten Hohldorn bis zum Sicherheitsschlüssel reichte die willkürliche Auswahl. Dank diesen so unterschiedlichen Schliessmechanismen waren die bisherigen Versuche, ins Gartenhäuschen einzubrechen, noch nie geglückt. Abgesehen davon, dass ein Einbrecher auch nichts der Rede Wertes zu finden hatte. Trotzdem kommen solche unverständlichen Vandalenakte immer wieder vor.

Eduard Mathys begutachtete die fünf Schlüssel sachverständig. Dabei freute er sich sehr. Zwei Schlüssel zeigten, wie er sofort bemerkte, in irgendeiner Form das von Sammlern so begehrte Kreuz. Einmal war dieses bei Durchsicht im S-förmig geschwungenen Bart und das andere Mal von der Stirnseite her, als Querschnitt des Schaftes, zu erkennen.

Nachdem die beiden Besucher ins Häuschen eingetreten waren, zündete Max Affolter vier bereitstehende Kerzenwindlichter an. Ihr flackernder Schein erhellte den heimelig getäferten Innenraum, so dass sich neben einem Gefühl der Geborgenheit auch ein nostalgisch anmutendes Wohlbehagen ausbreitete. Etwas, das unsere Vorfahren, als Höhlenbewohner, beim Licht und Wärme spendenden wie auch gesprächsanregenden Lagerfeuer sicher ebenfalls empfunden haben. Max Affolter stellte auch noch den kunstvoll gebastelten Holzleisten-Kalender auf Mittwoch, den 25. März. Nachdem er schliesslich auf dem als Kochgelegenheit installierten Butangas-brenner eine Pfanne Wasser zum Kaffeekochen bereitgestellt hatte, setzte er sich Eduard Mathys gegenüber auf eine behagliche Sitzbank, welche im Notfall auch in eine Schlafgelegenheit umfunktioniert werden konnte. Er entzündete sich jetzt eine Pfeife und genoss bei offenem Fenster die friedliche Abendruhe beim flackernden Kerzenlicht. Insekten gab es zu dieser Jahreszeit zum Glück noch keine. Ab und zu befuhr, wie das leise Motorengeräusch und die Scheinwerferlichtkegel anzeigten, ein Auto in der Berg- oder Talrichtung den nahen Schlossweg.

«Herr Mathys, ich möchte heute abend, ganz ungestört, mit Ihnen über Ihre verstorbene Chefin reden! Innerlich bin ich überzeugt, dass ein Verbrechen vorliegt, dass also Frau Vogt nicht zufällig durch das scheibenlose Rückwandelement des Tramhäuschens vor den unmittelbar herannahenden Bus der Linie 31 gestürzt sein kann. Ich weiss, dass Sie, Herr Mathys, als Täter nicht Frage kommen, obwohl es den ersten Erhebungen nach anders ausgesehen hat. Ihr Alibi für die Tatzeit ist stichhaltig. Doch hoffe ich, dass Sie mir irgendwie helfen können, dieses Verbrechen aufzuklären!» – Eduard Mathys, der auf eine ungefähr derartige Gesprächseröffnung gefasst war, antwortete: «Ich würde Ihnen bestimmt gerne helfen! Wie Sie sicher schon festgestellt haben, verschliesse ich mich nicht à priori gegenüber der Polizei. Nur kann ich mir nicht vorstellen, wie ich Ihnen helfen könnte?»

Im nun folgenden Dialog verstand es der Kommissar meisterhaft, seinem Gegenüber scheinbar harmlose Aussagen, ungeordneten Mosaiksteinchen gleich, zu entlocken. Aussagen, welche es ihm nach und nach erlaubten, in groben Zügen ein sinnvolles Bild daraus zu kreieren. – Dies möchte ich im folgenden wiederzugeben versuchen.

Der Kommissar war im Laufe des Gesprächs bezüglich des Computerpasswortes «GOLDREGEN» zur Einsicht gelangt, dass Eduard Mathys etwas anderes als Hehlerei mit diesem Ausdruck in Verbindung gebracht haben musste. Denn dieser erwähnte, wie er, noch zu Lebzeiten von Peter Vogt, unfreiwillig und unbemerkt Ohrenzeuge eines Gesprächs zwischen Frau Vogt und einem ihm stimmlich unbekannten Atelierbesucher geworden war. Dieser Unbekannte habe mit hämischer Stimme prophezeit: «Operation ‹GOLDREGEN› glückt todsicher und bringt dir und mir einen andauernden Goldregen!»

Bald darauf war dann der Gatte von Frau Vogt nach einer gemeinsamen Ferienreise in den Fernen Osten schwer erkrankt. Offenbar hatte er eine heimtückische Virusinfektion aufgelesen, welche zu einem Versagen aller Organe seines Körpers führte und ihn nach ein paar Tagen qualvollen Leidens dahinraffte. Das war ein schwerer Schicksalsschlag für die junge Gattin und auch für die Angestellten der beiden Goldschmiedeateliers. Frau Vogt schien aus Gram über den so unerwarteten Tod ihres Gatten das Herz zu brechen. Ihre Lebensfreude war dahingeschwunden, und es sah so aus, als ob auch sie nicht mehr lange leben würde. Eduard Mathys jedoch, der sehr an seinem langjährigen Chef gehangen hatte, musste zu seiner Überraschung feststellen, dass Frau Vogt auf einmal alles anders machte, als sie dies zu Lebzeiten ihres Mannes zu tun pflegte. Er konnte diesen Wandel einfach nicht verstehen und suchte deswegen beinahe Tag und Nacht nach einer Erklärung für dieses Verhalten. Auf einmal kam ihm, erst nur nebelhaft verschwommen, der unheilvolle Gedanke, dass Frau Vogt mit dem Tode ihres Gatten eventuell etwas zu tun gehabt haben könnte. Sie hatte ja enorm profitiert, war sie doch die alleinige Erbin des Goldschmiedeateliers und des bedeutenden Vermögens von Peter Vogt. Eduard Mathys wurde von nun an von diesem bohrenden Gedanken mehr und mehr verfolgt. – Eines schönen Tages machte er Frau Vogt gegenüber eine um sieben Ecken herum verschnörkelte Anspielung darauf, dass ihr Mann vielleicht das Opfer eines sorgfältig geplanten Verbrechens geworden sein könnte. Frau Vogt schien erst begriffsstutzig zu sein und tat so, als ob sie diese Anspielung nicht verstehen würde. Erst als Eduard Mathys ein paar Tage später wiederum über das gleiche Thema zu reden begann, schien Frau Vogt ihn zu verstehen. «Was wollen wir bezüglich der Möglichkeit eines solchen schrecklichen Verdachtes machen, lieber Herr Mathys? – Was raten Sie, als Mann mit bestandener Lebenserfahrung, mir junger Frau? – Zugegeben, die Ärzte haben den Virus nie bestimmen können. – Von einer Autopsie wurde auf unsern ausdrücklichen Wunsch hin abgesehen. Niemand hat ja an die Möglichkeit eines Verbrechens gedacht! Es hat auch eine Erdbestattung stattgefunden. Ob sich eine Exhumierung mit anschliessender gerichtsmedizinischer Untersuchung lohnen würde? – Was raten Sie mir zu unternehmen, Herr Mathys?» – Daraufhin hat dieser – so seine heutige Aussage – gedroht: «Solange ich bei Ihnen arbeiten kann, Frau Vogt, komme ich nie mehr auf dieses Thema zu sprechen! Sollten Sie mir aber vor meiner regulären Pensionierung kündigen, wie Sie dies jetzt schon einigen von uns mit fadenscheiniger Begründung getan haben, dann allerdings garantiere ich Ihnen, dass ich auf dieses Thema zurückkommen werde. Zwar nicht bei Ihnen, Frau Vogt!» – Fast hätte er leichtsinnigerweise Frau «GOLDREGEN» zu ihr gesagt. Doch zum Glück konnte er seine Zunge noch im Zaume halten. Frau Vogt hatte also auch weiterhin keine Ahnung, dass ihr Angestellter einmal das ominöse Wort «GOLDREGEN» vernommen hatte. Noch viel weniger wusste sie, in welchem Zusammenhang dies geschehen war!

Ursula Vogt war bei dieser an sie gerichteten Drohung ihres Angestellten in Wut geraten und wahrscheinlich drauf und dran gewesen, zu explodieren. Dann aber besann sie sich eines Besseren und bändigte ihre Hassgefühle. Schauspielerisch diese verbergend, beschwichtigte sie: «Aber, aber, mein lieber Herr Mathys, wie können Sie auch so etwas denken. Sie kennen mich doch! Ihnen, Herr Mathys, werde ich doch nie kündigen! Sie sind der älteste und zuverlässigste Mitarbeiter in meinen Ateliers. Ich weiss es sehr zu schätzen, dass Sie immer so bereitwillig für meinen Mann gearbeitet haben!» – Für den Augenblick war die Sache ausgebügelt. Von beiden Seiten wurde nie mehr darüber gesprochen. Doch beide Gegner entwickelten sich auf Grund dieses Tabus langsam zu potentiellen Todfeinden, obwohl sie sich dessen eigentlich gar nicht richtig bewusst waren.

Frau Vogt versuchte seither, Herrn Mathys mit schnippischen Bemerkungen oder bewusstem Übersehen in Gegenwart anderer zu kränken, wann immer sich ihr nur eine Gelegenheit dazu bot. Mit den Nadelstichen dieser Boshaftigkeiten hoffte sie, den offenbar dickfelligen Herrn Mathys schliesslich doch noch derart in seiner Ehre zu verletzen, dass er das Arbeitsverhältnis von sich aus kündigen würde. Doch dieser stand, wie wir ja schon wissen, die unerfreuliche Situation durch. Es gab verschiedene Gründe für diese nennen wir es Standhaftigkeit. Einmal – und dies war ein wesentlicher Grund – konnte er sich aus finanziellen Gründen eine vorzeitige Pensionierung nicht leisten. Seine Chance, durch einen Stellenwechsel einen finanziell gleichwertigen Arbeitsplatz zu finden, war sehr gering. Das wusste er. Sein erpresserisch bedingtes und auch ebenso gesichertes Arbeitsverhältnis liess sich nur zum kleinsten Teil mit einer masochistischen Verhaltensweise begründen. Auch traf der andern gegenüber geäusserte Spruch: «Was stört es die Eiche, wenn sich die Sau an ihr reibt?» nur teilweise zu. Das heimliche Hauptmotiv für seinen eisernen Durchhaltewillen basierte auf vorweggenommenen Rachetriumphgefühlen. Er bildete sich fast wie ein Verblendeter ein, dass es ihm gelingen werde, Frau Vogt für den Tod ihres Gatten verantwortlich zu machen. Doch gerade dieses monomane Denken habe ihn völlig blind dafür gemacht, an die so naheliegende Möglichkeit der Hehlerei von Frau Vogt zu denken, als er beim Öffnen der Truhe den stolzen Gold- und Edelsteinschatz erblickt habe, gestand er. Er habe damals gedacht: «Das ist wieder ganz typisch für meinen gut baslerisch zurückhaltenden Chef.» Der seinerzeit mitgehörte Spruch des unbekannten nächtlichen Besuchers in Frau Vogts Atelier: «Operation ‹GOLDREGEN› glückt todsicher und bringt dir und mir einen andauernden Goldregen» war jetzt auf einmal, wenigstens was den zweiten Teil betraf, deutbar geworden. – Was aber bedeutete der erste Teil? – Dieses: « ... glückt todsicher ...» – Hat dies etwas mit einem Anschlag auf Peter Vogt zu tun? Doch lassen wir dies für den Moment! – Mathys staunte nicht schlecht, das dürft Ihr glauben, als Affolter ihm den Sachverhalt zwischen dem von ihm als Geburtstagsgeschenk überreichten Rollbrett und der kurz zuvor damit eingeschlagenen Scheibe des Tramhäuschens erklärte.

Er begriff jetzt auf einmal, wie wichtig es war, genau zu wissen, wer sich am kritischen Wochenende das noch als Geschenk verpackte Rollbrett für diese Tat ausgeliehen haben konnte. Eigentlich nur jemand, der wie er Zutritt zu den Goldschmiedeateliers von Frau Vogt hatte. Das betraf einen relativ kleinen Personenkreis. – Zum Glück hatte er auch hier wieder ein Alibi, nämlich das Verwandtentreffen in Solothurn. Der Kreis der möglichen Täter wurde rein theoretisch noch dadurch eingeschränkt, dass auch Frau Vogt und Hans Gasser in jener Nacht von Samstag auf Sonntag, als die Scheibe eingeschlagen worden war, bis in die frühen Morgenstunden an einem Ball im Bottminger Schloss teilgenommen hatten. Eduard Mathys versuchte sich krampfhaft zu erinnern, ob die Verpackung des Rollbrettes einen Rückschluss auf ein vorzeitiges Öffnen und Wiedereinpacken des Geschenkes ziehen liess? – Er hätte die Hand dafür ins Feuer gelegt, dass das Paket in einer nie zuvor geöffneten Verpackung von ihm an Frau Vogt übergeben worden war. Irren ist menschlich, dies wurde ihm wieder einmal klar vor Augen geführt.

Es stand somit fest, dass der Täter des Anschlages auf Frau Vogt bewusst Spuren hinterlassen hatte, welche auf Mathys als Täter hinweisen sollten! Zum Glück hatte er die beiden Alibis, einmal für die Zeit von Frau Vogts Tod am Claraplatz und dann auch für den vorausgegangenen Zeitpunkt des Einschlagens der Rückwandscheibe. – Die verschobene Zahnarztbehandlung musste auch von diesem unheimlichen Täter arrangiert worden sein. Das Gleiche galt für das auf einer Falschaussage von Hugo Ledermann beruhende Gesehenwordensein am Tatort und zur Tatzeit. – Völlig schleierhaft blieb die entdeckte Computereintragung über das verabredete Treffen von Frau Vogt mit ihm am Claraplatz. – Wer hatte Frau Vogt zu diesem angeblichen Treffen geködert? – Wie nur konnte diese auf so etwas hereinfallen? Sie, die doch nie auf einen Vorschlag von ihm eingegangen war? – Statt dessen schikanierte sie ihn tagtäglich mit den noch von keiner Antikriegsliga geächteten Waffen einer zänkischen Frau. Rätsel über Rätsel; so wenigstens kam es den beiden etwa gleichaltrigen Männern vor. Oder eventuell nur einem von ihnen?

Der Täter oder die Täterin musste es ganz speziell auf ihn abgesehen haben, bildete sich Eduard Mathys jetzt ein. Wem aber konnte es daran liegen, Frau Vogt und ihn damit so zu erledigen? – Gab es für sie einen gemeinsamen Feind? – Eduard Mathys studierte lange darüber nach. – Der Kommissar rauchte inzwischen schweigend seine Pfeife und blickte dabei in die mittlerweile stockdunkel gewordene Nacht. Sein Gegenüber zählte unentwegt die ihm bekannten Feinde von Frau Vogt der Reihe nach auf und stellte sich dabei jedesmal die Frage, ob die- oder derjenige eventuell auch ein Feind von ihm sein könnte. Aus welchem Grunde auch immer! Öfters kam ihm so sein einstiger Arbeitskollege Adam Daum in den Sinn. Aber jedesmal verwarf er diesen für ihn fast unerträglichen Gedanken. Adam Daum war kein Judas! Er hatte ihm immer voll vertraut und war bisher noch niemals von ihm enttäuscht worden. Des langen fruchtlosen Grübelns endlich müde, meinte er: «Mir kommt niemand in den Sinn, der Frau Vogts und mein gemeinsamer Feind sein könnte! Ich kann es einfach nicht verstehen, wie jemand den Verdacht auf mich lenken konnte, ausser dass er sich den Umstand zunutze machen wollte, dass Frau Vogt mich immer quälte.» – Bald darauf kehrten die beiden durch diese nächtliche Aussprache einander nähergekommenen Männer in die nahe Stadt zurück. Der eine zerriss noch am selben Abend seinen jetzt offenbar überflüssig gewordenen Plan zur Abklärung des Falles «Ursula Vogt». Dafür schrieb er den Namen des Täters auf ein Blatt Papier und setzte das heutige Datum vom 25. März 1992 darunter.

X. Das Treffen bei der Sonnenuhr

Es war heute Dienstag, der 7. April 1992. An der Ecke Isteinerstrasse/Messeplatz, bei der auf einem randsteinhohen Betonsockel ruhenden Sonnenuhr, traf eben Hans Gasser ein.

Sein prüfender Blick auf die riesige Uhr am Messepavillon mit dem Rundhof zeigte ihm, dass es eine Minute vor zwölf Uhr war. Die Schattenstrichanzeige der Sonnenuhr vor ihm dagegen stand immer noch auf elf Uhr. Der Sommerzeitregelung war bei diesem nostalgischen, bald einmal sogar von Bäumen überschatteten Dekorationsobjekt nicht Rechnung getragen worden.

Hans Gasser trug einen unauffälligen Strassenanzug. Er war zu diesem schon seit langem verabredeten Treffen mit dem geheimnisvollen Unbekannten äusserst pünktlich zu Fuss gekommen. Beim Gedanken an die zwanzig Kuverts mit den total 100 000 Franken in der leicht zerknitterten Plastiktasche in seiner Linken und an die bevorstehende Übergabe dieser enormen Kaufsumme für eine wertmässig noch viel grössere Menge gestohlenen Schmucks wurde ihm mulmig zumute. Er spürte, wie plötzlich kalter Schweiss aus allen seinen Poren drang. Die Wahrnehmungsfähigkeit seiner Sinne war auf einmal stark gedämpft. Ja, er glaubte sich in einer Art von schwerelosem Zustand zu befinden. Zum Glück hatte man ihn von seiten der Polizei her für dieses Treffen nach allen Regeln der Kunst psychologisch vorbereitet. Er wusste, auch wenn ihm keine Details bekannt waren, dass er sich im Schutze der Basler Polizei befand!

«Hallo, Nadinchen, fein, dass du so pünktlich zu unserem Treffen gekommen bist!» vernahm er ganz überrascht die ihm vertraute Stimme des Unbekannten. Hans Gasser verspürte sich nun wieder ganz in die Wirklichkeit zurückversetzt. Jegliches Lampenfieber war wie weggezaubert. – «Auch ich freue mich, dass du Wort gehalten hast! Hier in dieser Plastiktasche sind die zwanzig Kuverts! Lass uns jetzt den vorgesehenen Tausch Plastik- gegen Sportsack gleich machen!» Hans Gasser musterte dabei den rätselhaften Unbekannten. Er musste sich dieses Gesicht ein für allemal einprägen! Als begabter Künstler wollte er unmittelbar nach dem Treffen ein entsprechendes Phantombild zeichnen.

Beim Einprägen der besonders charakteristischen Merkmale gewahrte er zu seinem Erstaunen etwas höchst Sensationelles. Dieser Unbekannte hier, mit seinen im Prinzip wenig auffälligen Gesichtszügen, hatte zwei unterschiedlich farbige Augen! Die Iris des linken Auges war braun, diejenige des rechten Auges dagegen blau. Hans Gasser hatte so etwas noch nie bei einem Menschen beobachtet. Aus Erinnerung an seine frühe Jugendzeit wusste er um einen Berner Sennenhund, der ein milchig blaues und ein braunschwarzes Auge hatte. Es kam ihm sogar wieder in den Sinn, dass man das milchig blaue Auge seinerzeit als «Birkenauge» bezeichnet hatte.

«Nadinchen, Nadinchen, wenn du einverstanden bist, treffen wir uns in drei Monaten wiederum hier zur gleichen Zeit für unser nächstes Geschäft. Die Bedingungen bleiben haargenau dieselben! Wenn du mich jedoch vorher treffen willst, so musst du nur, wie schon vereinbart, den dir seinerzeit übergebenen Hut in der Öffentlichkeit tragen. Ich werde dich daraufhin jeweils innert vierundzwanzig Stunden kontaktieren. Und, dass ich es nicht vergesse; als einmaliges Geschenk für unsere jetzt eingegangene Partnerschaft habe ich dir diesmal eine spezielle Taschensonnenuhr zum eingehandelten Schmuck gelegt. – Diese sehr seltene Uhr stammt aus dem Nachlass einer alten Basler Familie. Sie zeigt die spezielle Basler Zeit, wie es bis 1798 für die Stadt während ein paar hundert Jahren charakteristisch war. Hier hast du nun den Sportsack, und ich nehme jetzt dafür deine viel leichtere Tragtasche. Gib gut acht auf dich! ‹Good bye› bis zum 7. Juli zur selben Zeit!» – «See you later, alligator», hörte sich Hans Gasser dieses Treffen so spontan beenden wie es begonnen hatte.

Im Nu war der Unbekannte durch die Isteinerstrasse entschwunden. Erleichtert entfernte sich Hans Gasser fast traumwandlerisch mit seinem Sportsack in der entgegengesetzten Richtung. Er konnte es dabei nicht verkneifen, den beiden Strassenschachspielern auf dem Messeplatz, in denen er Klötzli und Märki erkannte, zuzuzwinkern. Die beiden waren in hautenge Jeans gekleidet. Wichtigtuerisch hatte jeder einen Schlüsselbund an den Hosengürtel gehängt. Niemand hätte vermutet, dass die beiden bewaffnet waren! Wovon Hans Gasser und auch weitere Zuschauer keine Ahnung hatten, war dies, dass in den beiden braunen Papiertragtaschen, welche dem schwarzen und dem weissen König umgehängt waren, jeweils eine geladene, allerdings gesicherte Dienstpistole jederzeit griffbereit zur Verfügung stand.

Kommissar Max Affolter hatte mit seinen Leuten noch eine ganze Reihe weiterer Sicherheitsmassnahmen getroffen, auf welche wir aber nicht eingehen wollen. Selbstverständlich hatte er das Treffen mit dem Unbekannten auch mittels Teleobjektiv aus dem gegenüberliegenden Muba-Parkhaus fotografiert.

Hans Gasser fuhr nun, besonders auf seinen Sportsack achtend, mit dem Tram zu seiner Wohnung. Schon auf der Fahrt machte er sich erste Skizzen vom Gesicht des bis anhin noch Unbekannten. Als er in die Wohnung trat, wurde er von seiner Freundin Doris Jäggi und von Kommissar Max Affolter schon erwartet.

Praktisch zur selben Zeit wurde der geheimnisvolle Unbekannte in der Nähe des Badischen Bahnhofs von einer uniformierten Polizeipatrouille zwecks Überprüfung der Personalien angehalten. Zur Verwunderung dieser Polizisten konnte sich der sehr gefasst und sicher wirkende Mann mit einem Diplomatenpass als Herrn XY ausweisen. – Bittersüss lächelnd und sich nach allen Regeln der Kunst entschuldigend, liessen die Beamten Herrn XY wieder laufen. Allerdings war ihnen bei der Kontrolle aufgefallen, dass im Passe dieses Mannes unter der Rubrik Augen das Folgende aufgeführt war: «Links braun; rechts blau.» Zu ihrem Erstaunen hatten sie diesen Sachverhalt selbst feststellen können. – Was es doch nicht alles gab!

Nun aber wieder zum nach Hause zurückgekehrten Hans Gasser, zu Doris Jäggi und zu Kommissar Affolter. Noch immer ganz beeindruckt von seinem Treffen mit dem geheimnisvollen

Unbekannten, schilderte Hans Gasser den beiden sein Erlebnis. «Unglaublich, aber wahr ist es, dass dieser Mann, den ich heute zum erstenmal bei Tageslicht getroffen habe, zwei verschiedenfarbige Augen hat. Links ein braunes und rechts ein blaues! Auf Grund dieser Tatsache sollte es doch ein Kinderspiel sein, diesen Mann zu identifizieren.

Am kommenden 7. Juli, ebenfalls wieder an einem Dienstag, zur selben Zeit haben wir unser nächstes ‹GOLDREGEN-Treffen› vereinbart. Dann müssen Sie, Herr Kommissar, zuschlagen und diesen Mann schnappen!» ereiferte sich Hans Gasser. – «Sei doch froh, Hans, dass alles so gut gegangen ist und du heute heil davongekommen bist! Ich habe grosse Angst um dich gehabt! – Der Kommissar weiss schon, was er zu tun hat!» versuchte Doris Jäggi ihren ganz in Fahrt geratenen Freund zu beruhigen. «Habt ihr beide Appetit? Möchtet ihr nicht etwas essen? Ich kann uns allen dreien schnell etwas zubereiten!» – Hans Gasser war damit einverstanden, und auch der Kommissar hatte nichts dagegen einzuwenden. Im Gegenteil, dieser Vorschlag von Frau Jäggi kam ihm sehr gelegen. Als letztere nun in die Küche verschwunden war, meinte er: «Herr Gasser, wie wäre es, wenn wir uns jetzt einmal das eingehandelte Diebesgut anschauen würden!» – Es war eine beeindruckende Menge von Ringen, Halsketten, Armreifen, Anhängern, Ohrringen, Broschen und weiteren Schmuckgegenständen, wie Silberschälchen, Trinkgefässen und Kerzenständern, welche sie aus dem Sportsack auspacken konnten.

Der Wert all dieser Sachen war bestimmt ein Vielfaches des vereinbarten Hehlerpreises! Für den Kommissar war es fast nicht zu glauben, dass in Basel und Umgebung soviel Schmuck gestohlen werden konnte. Aber bei der Beschaffungskriminalität, wie sie die Drogenszene mehr und mehr bedingte, war dies eigentlich nicht zum Verwundern. Auch die Versicherungen wissen da ein Lied zu singen.

Die als Dreingabe sinnigerweise noch dazugelegte Taschensonnenuhr mit der speziellen Basler Zeit erregte ganz besondere Aufmerksamkeit. Die beiden faszinierten Betrachter gingen auf die Terrasse und richteten – Gott und die Welt vergessend – die Uhr gemäss dem eingebauten Kompass nach der Sonne. Der Kommissar zeigte sich dabei trotz seinem Alter besonders versiert. Dann versuchten sie die Zeit abzulesen. Die Schattenstrichanzeige stand etwa auf halb zwei Uhr. Sie zeigte effektiv etwa die Zeit, welche der jetzigen Sommerzeit entsprach.

Für die Leser: Eine derartige Taschensonnenuhr war letztes Jahr anlässlich der Amerbach-Kabinett-Ausstellung im Basler Kunstmuseum zu sehen gewesen. Mit der erwähnten, speziellen Basler Zeit verhält es sich wie folgt: Während des ganzen Mittelalters, bis zum Jahre 1798, gingen in Basel die Uhren der allgemeinen Zeit um eine volle Stunde voraus. Über die mutmassliche Ursache für diese heute nur noch wenigen bekannte Merkwürdigkeit gibt es beinahe so viele mehr oder weniger plausible Theorien wie über das Aussterben der Saurier am Ende der Kreidezeit.

Doris Jäggi hatte inzwischen ein feines Essen zubereitet und angerichtet. Es mundete allen dreien. Sie tranken auch noch ein Gläschen Rotwein dazu. Natürlich drehte sich die Unterhaltung ganz um das heutige Treffen mit dem unbekannten Hehler grossen Stils.

Erwähnenswert bleibt die Tatsache, dass der Unbekannte wiederum bekräftigt hatte, dass Hans Gasser ihn jederzeit – durch das Tragen des ihm seinerzeit übergebenen Hutes in der Öffentlichkeit – kontaktieren könne. – Ich glaube, dass ich den Lesern hier eine Erklärung schulde. Kommissar Affolter hatte diesen Hut schon lange vor dem heutigen Treffen in der Wohnung Hans Gassers aufs genaueste untersuchen lassen. Die daran beteiligten Beamten kamen eindeutig zum offiziellen Schluss, dass der purpurfarbige Gesslerhut als Erkennungszeichen dienen würde. Inoffiziell aber wussten Kommissar Affolter und seine Crew, dass der besagte Hut mit einem raffiniert darin verborgenen Minisender modernster Art versehen war. Dieselbe Art Minisender wurde von gewissen Tierverhaltensforschern verwendet, um diejenigen Tiere zu markieren, welche sie jeweils für ihre Studien benützten.

Kommissar Affolter hatte die strenge Order erlassen, diesen Sachverhalt polizeiintern zu behalten. Hans Gasser oder andere Aussenstehende wussten also – mindestens von seiten der Polizei her – nichts davon. Der Kommissar liess sich eben nie unbeabsichtigt in die Karten schauen. Diese elementare Jassregel befolgte er unverrückbar seit frühester Jugend in praktisch allen Lebenssituationen. Noch nie hatte er diese Maxime im nachhinein bereuen müssen. Im Gegenteil, er war schon oft froh darüber gewesen.

Nun geschah etwas, womit weder Hans Gasser noch Doris Jäggi gerechnet hatten. – «Diese mit Spinat gefüllten Tortellini an einer Zitronen-Rahmsauce haben mir herrlich gemundet, Frau Jäggi», liess sich Kommissar Affolter vernehmen. Doch dann fuhr er fort: «Herr Gasser, Hand aufs Herz, seit wann spielten Sie bei der Hehlerrolle von Frau Vogt mit?» – Ein Erdbeben hätte keinen verheerenderen Effekt haben können. – Für ein paar ältere Leser: Es war wie anno dazumal in der Schulzeit, als der Lehrer meinte: «Hansli, komme nur nach vorne, du musst keine Angst haben, auch wenn du etwas angestellt hast.» Hansli, der zwar genau wusste, was geschehen würde, ging dann trotzdem brav nach vorne und kassierte die in dem Hinterhalt auf ihn wartende Ohrfeige. Solche Szenen bleiben allen Schülern bestens im Gedächtnis, wie dies die Gespräche an den Klassentreffen zeigen! – Doch wieder zurück in die Gegenwart. Schreckensstarre Blicke und eine beklemmende Stille verwandelten die frohe Stimmung plötzlich in eine frostige Atmosphäre. Die Rechtsanwältin Doris Jäggi empörte sich heftig! Dabei schien jeder Quadratmillimeter ihres Gesichtes die unsägliche Verachtung der tölpelhaften Polizei gegenüber auszudrücken. Doch Kommissar Affolter hatte ein geradezu unheimliches, siegessicheres Lächeln aufgesetzt. Die Situation drohte jeden Augenblick ausser Kontrolle zu geraten! – «Gut so, Herr Kommissar, ich gebe zu, dass ich schon seit langer Zeit von Frau Vogts Hehlertätigkeiten wusste. Persönlich habe ich diese Art Geschäft immer verabscheut, aber Frau Vogt gegenüber habe ich meine Missbilligung nie zum Ausdruck gebracht, ja nicht einmal angetönt! Ich habe, wenn Sie so wollen, meine

Augen vor dieser missliebigen Tatsache einfach verschlossen. Den unbekannten Hehler habe ich allerdings bis zum Tode von Frau Vogt nie persönlich getroffen. Doch war ich in das Umarbeiten der gestohlenen Schmuckstücke aktiv einbezogen. Ich habe aus Berufsstolz versucht, mein Bestes zu geben, obwohl ich eigentlich wusste, dass ich mich der Mitwisserschaft schuldig mache», gestand Hans Gasser mit ganz veränderter Stimme kleinlaut. Der Kommissar verzog keine Miene. «Danke, Herr Gasser! Sie helfen mit diesem Eingeständnis sich und uns, auch wenn Sie dies jetzt kaum glauben werden!»

Doris Jäggi war geschockt. Eine bisher für sie heile Welt schien zusammenzubrechen. Geschlagen stand sie auf und verliess beschämt eiligen Schrittes das Zimmer. Niemand sollte sie ob dieser schmerzlichen Enttäuschung weinen sehen! Das hätte sie ihrem lieben Hans nie und nimmer zugetraut. Jederzeit wäre sie für ihn bedingungslos durchs Feuer gegangen.

Max Affolter wandte sich nach der Devise: «Schmiede das Eisen ...» erneut an Hans Gasser: «Nun, haben Sie Vertrauen zu mir, und geben Sie mir auf meine nächste Frage eine klare Antwort!» – Eigentlich dachte er eher an eine spontan über die Lippen kommende Antwort. – «Haben Sie Herrn Vogt ermordet?» – Hans Gasser schien aus allen Wolken zu fallen. Mit versteinerter Miene brachte er ein: «Wie, was sagen Sie da, Herr Kommissar? – Ich soll meinen über alles verehrten Patron, Peter Vogt, umgebracht haben? Nein, so etwas hätte ich nie getan. Wenn ich gewusst hätte, dass Herr Vogt ermordet worden ist, glauben Sie mir, Herr Kommissar, dann wäre ich sofort zur Polizei gegangen! Nein, ich hatte bisher noch nie gedacht, dass Herr Vogt ermordet worden sein könnte. Er starb doch, wie wir alle zu wissen glaubten, eines natürlichen Todes. Eine heimtükkische Viruserkrankung raffte ihn innert ein paar Tagen dahin.»

Bei den letzten Worten war Frau Jäggi mit ganz verweinten Augen wieder ins Zimmer getreten. Für unsern Kommissar war es damit klar, dass sie an der Türe gelauscht haben musste. Sie hatte also seinen unheimlichen Verdacht bezüglich eines Mordes an Peter Vogt mitbekommen. Spontan ergriff er nun wieder das

Wort: «Herr Gasser, ich glaube Ihnen aufs Wort! Allerdings muss ich Ihnen sagen, dass wir von der Polizei eine Mitteilung haben, welche Sie als Mörder von Herrn Peter Vogt belastet! Doch seien Sie beruhigt, wenn Sie wirklich nichts mit diesem Mord zu tun haben, wird Ihnen deswegen auch nichts geschehen. Doch jetzt muss ich gehen! Den Sportsack mit dem Schmuck nehme ich mit und ebenso ihre Skizzen vom Gesicht des Unbekannten, welche Sie nach dem Treffen gemacht haben. Auf Wiedersehen!» – Die Taschensonnenuhr auf der Terrasse wurde dort stehengelassen. Hatte Max Affolter nicht mehr daran gedacht?

Auf der Strasse liess der Kommissar seine Blicke kurz rundum schweifen, dann zündete er sich zufrieden mit den Vorkehrungen und dem Ergebnis seiner heutigen Nachforschungen eine Pfeife an und kehrte dann in den Spiegelhof zurück. Er konnte sich lebhaft vorstellen, wie elend sich Hans Gasser jetzt in Gegenwart seiner furchtbar enttäuschten Freundin fühlen musste. Im Leben hatte eben alles seinen Preis!

«Wer wohl hat der Polizei einen Tip bezüglich des Mordes an Peter Vogt gegeben und dann erst noch mich, Hans Gasser, als mutmasslichen Mörder angeprangert?» studierte dieser in Gegenwart der kaum noch eines klaren Gedankens fähigen Doris Jäggi. Diese hatte zwar erkannt, dass es in dieser verzwickten Lage galt, ruhig Blut zu bewahren und vor allem die richtigen Prioritäten zu setzen. Später konnte sie Hans immer noch Vorwürfe machen. Jetzt musste sie zu ihm stehen, auch wenn er ihre Beziehung missbraucht hatte, als er sie gebeten hatte, dem Polizeidirektor den uns schon bekannten Brief zu schreiben. Mit jenem Brief war ja der falsche Eindruck erweckt worden, als ob Hans Gasser von der Hehlertätigkeit von Frau Vogt nichts gewusst hätte. Wie naiv war sie eigentlich gewesen! – Doch dass ihr sonst so sensibler Hans ein eiskalter Mörder sein sollte, das konnte und wollte sie einfach nicht glauben.

Wir lassen jetzt Frau Doris Jäggi mit ihren schmerzenden, sicher schwer zu lösenden Problemen allein. So alleine waren Hans Gasser und seine Freundin allerdings auch wieder nicht, wie die Leser bestimmt erraten haben. Denn seit heute mittag stand das Haus unter diskretem Polizeischutz, wie sich Kommissar Affolter beim Verlassen des Hauses selbst überzeugt hatte, während er seine Pfeife anzündete.

XI. Eine ganz verzwickte Sache

Zwei Tage später erhielt Kommissar Max Affolter am frühen Nachmittag ganz unverhofft den Besuch von vier auch schon uns Bekannten, welche sich im letzten Moment angemeldet hatten. Paul Märki wollte ihn, in einer dringlichen Sache, sprechen. Er war in Begleitung von Vater und Sohn Mathys sowie Adam Daum. Bei der Begrüssung gab er seinem Chef mit einem Fingerzeichen zu verstehen, dass er diesesmal als Komplize seiner Begleiter hergekommen sei und folglich deren Meinung über Gebühr unterstützen werde. – «Das kann ja gut werden», dachte Max Affolter für sich. Er führte die Ankömmlinge ins Besucherzimmer und bat sie dort, Platz zu nehmen.– «Was führt Sie, meine Herren, heute zu mir?» – Paul Märki ergriff daraufhin das Wort: «Herr Kommissar, die Herren hier glauben, auf eine beachtenswerte Erkenntnis im Falle ‹Ursula Vogt› gestossen zu sein! Sie möchten Sie deshalb umgehend darüber informieren. Herr Mathys junior, bitte legen Sie los.»

Dieser begann sogleich zu berichten: «Gestern Mittwoch besichtigte ich mit einer kleinen Gruppe interessierter Personen die vor kurzem in der Nähe von Solothurn entdeckten Saurierspuren aus dem Oberen Jura. Dabei lernte ich den BVB-Buschauffeur und begeisterten Hobby-Paläontologen Hans Lustig kennen. – Er lässt Sie, Herr Kommissar, übrigens grüssen!» – Max Affolter erinnerte sich sofort wieder an Hans Lustig. Im Falle «Hänggi» hatten sie sich kennengelernt. Dieser Hans Lustig war ein unglaublich guter Beobachter und besass ein ganz vorzügliches Gedächtnis. – «Vorerst herzlichen Dank für diesen Gruss!» – Adrien Mathys fuhr nun weiter. Er erwähnte dabei, dass Hans Lustig ihm erzählt habe, wie sich Frau Ursula Vogt, welche er durch ein Bild in der Zeitung namentlich kennengelernt hatte, etwa Mitte Februar bei ihm erkundigt habe, wie die Bremsen eines BVB-Busses wirken würden. Er habe ihr dann ausführlich Auskunft gegeben. Eine solche Frage von Buspassagieren während eines Endstationhaltes sei nichts Aussergewöhnliches. Doch sei ihm später wieder in den Sinn gekommen, dass schon im Januar dieses Jahres Adam Daum, den er damals nur vom Sehen her gekannt habe, etwa die gleichen Folgefragen gestellt habe. Der anwesende Adam Daum gab dies nickend zu. Er rede eben gerne mit den Leuten, meinte er. Da müsse man notgedrungen ein Thema wählen, welches dem jeweiligen Gesprächspartner naheliege. Dann berichtete er, dass Hans Lustig ihm ausführlich erklärt habe, wie diese Bremsen wirken würden.

Solange ein Bus noch relativ langsam fahre, sei die Bremswirkung ganz enorm. Die Räder würden praktisch sofort blokkiert, und die Verletzungsgefahr für die Buspassagiere sei beträchtlich. Die Quintessenz laute: Je langsamer ein Bus fahre und je weniger Passagiere sich im Bus befinden würden, desto gewaltiger sei die Bremswirkung! Es gäbe zwar einen Versuchsbus mit einer elektronisch gesteuerten Bremsanlage, welche all diesen Faktoren Rechnung trage, aber ob der schon nächstens angeschafft werde, sei fraglich.

Adrien fuhr dann fast beschwörend weiter: «Herr Kommissar, wir vier hier glauben, dass Frau Vogt gar nicht auf die Fahrbahn gestossen worden ist. Vielmehr hat sie sich selbst auf diese fallen lassen, um auf diese Art einen Mordanschlag durch meinen Vater vorzutäuschen. Frau Vogt war von uns aus gesehen hundertprozentig überzeugt, dass der BVB-Buschauffeur den noch langsam fahrenden Bus rechtzeitig stoppen könnte, sobald er sie auf der Fahrbahn liegend entdecken würde. Dass der Chauffeur sie erst zu spät sehen könnte, damit hatte sie niemals gerechnet. Ihr Tod war also ein ungeplanter Selbstmord als Folge des Versuchs, einen Mordanschlag vorzutäuschen!»

Adrien Mathys versuchte im weiteren darzulegen, dass Frau Vogt sich auf diese Art seines Vaters entledigen wollte. Sie musste dieses Vorgehen wählen, weil sie ihn, seiner erpresserischen Drohungen wegen, nicht entlassen und auch nicht umbringen konnte, ohne dass dessen Mordtheorie bezüglich Peter Vogts bekannt wurde. Bei Eduard Mathys als Mordverdächtigem hingegen würde kaum jemand dessen Aussagen über einen angeblichen Mord an Peter Vogt durch dessen Gattin ernst nehmen. Er hätte ja lange genug Zeit gehabt, zur Polizei zu gehen, um seinen scheinbar begründeten Verdacht loszuwerden. – Sein weitverbreiteter Ruf als Psychopath und die allgemein bekannten, absichtlich zur Schau gestellten Quälereien durch Frau Vogt wären für jedermann ein einleuchtendes Motiv für seine Tat gewesen. Auch das vereinbarte Treffen am Claraplatz, dann sein angebliches dortiges Gesehenwordensein durch Hugo Ledermann wie auch der verschobene Zahnarzttermin, das Einschlagen der Tramhäuschenscheibe mit dem Rollbrett, welches er ja gekauft hatte, dies alles hätte ihn zum für jedermann plausiblen Täter gestempelt.

Kommissar Affolter erfasste sofort diese ihm geläufigen Zusammenhänge. Er verstand, was seine Besucher ihm weismachen wollten. – Doch für ihn stand der Täter im Falle «Ursula Vogt» fest. Dies seit dem 25. März, also jenem Tage, an welchem er sich mit Eduard Mathys in Dornach in jenem Gartenhäuschen getroffen hatte. – Wie wir uns erinnern, hatte der Kommissar ja damals seinen Plan zur Abklärung des Falles «Ursula Vogt» als nicht mehr notwendig zerrissen. Er hatte statt dessen nur noch den Namen des mutmasslichen Täters aufgeschrieben und zu seinen Akten gelegt. Max Affolter erkundigte sich, ob er rauchen dürfe. Nachdem er sich eine Pfeife angezündet hatte, bemühte er sich, seinen Besuchern einiges klarzumachen.

Wir aber wollen jetzt – trotz Pfeifenrauch – versuchen, den Gedankengängen des Kommissars zu folgen. Zuerst wies dieser auf die Tätigkeit von Frau Vogt als Hehlerin hin. Auf einmal war es für alle unverständlich, dass sie früher nie auf einen solchen Gedanken gekommen waren. Adam Daum meinte, quasi zur persönlichen Rechtfertigung, Frau Vogt habe es meisterhaft verstanden, als äusserst kompetente Geschäftsfrau zu erscheinen. Sie habe, wie er und noch viele glaubten, immer wieder betont, dass die weniger effektiven Mitarbeiter entlassen werden müssten, um für den fortwährend wachsenden Konkurrenzkampf in ihrer Branche gewappnet zu sein. – Wenn man die sicher lukrativen Hehlergeschäfte in Betracht zog, war die zur Schau gestellte Besorgnis von Frau Vogt wirklich ein Meisterwerk punkto Täuschung der Mitarbeiter wie auch indirekt der Konkurrenz. Eduard Mathys buchte seine diesbezügliche Blindheit ganz auf das Konto seiner monomanen Verblendung, mit der er seiner phantastischen Mordtheorie an Peter Vogt angehangen hatte. Schon die Weiterexistenz der beiden unabhängigen Goldschmiedeateliers nach dem Tode von Peter Vogt hätte ihn eigentlich auf so etwas bringen sollen, sagte er sich nun.

Adam Daum seinerseits hatte weder an die Möglichkeit eines Mordes an Peter Vogt noch an mögliche Hehlergeschäfte von Ursula Vogt gedacht. Er schrieb dies ganz – wie schon angedeutet – dem überall zur Schau gestellten, auf dauernde Leistungssteigerung getrimmten Rationalisierungsverhalten von Frau Vogt zu. Er und noch andere durften Frau Vogts Fragen ja nur mit «Ja» oder mit «Nein» beantworten. Wie unkritisch er doch eigentlich gewesen war, diesen Sachverhalt nicht früher zu durchschauen. Seinen offensichtlichen Mangel an gesundem Realitätssinn wollte er künftig auszugleichen versuchen. Er wollte mehr auf Taten statt auf Worte achten.

Der Kommissar las aus den Gesichtern seiner Zuhörer, dass er diese nicht mehr weiter belehren musste. Paul Märki bot ihm Schützenhilfe und bemerkte: «Frau Vogt war zwar bei vielen Leuten verhasst und sogar als wahre Hexe bekannt, doch irgendwie hatte sie es verstanden, alle über ihre wirkliche Wesensart zu täuschen.» Dankbar für dieses Statement fuhr der Kommissar weiter: «Der Gedanke von einem unbeabsichtigten Selbstmord hat wirklich etwas für sich! Wenn wir aber davon ausgehen, dass die Scheibe des Tramhäuschens vorsätzlich und erst noch mit dem als Geschenk an Frau Vogt überreichten Rollbrett eingeschlagen wurde, so kommen mir ein paar Fragen in den Sinn.» – Geniesserisch zog er an seiner Pfeife. – «Wir wissen heute mit Sicherheit, dass diese Scheibe in der Nacht vom 22. auf den 23. Februar zertrümmert worden ist. Sie wurde mit diesem Rollbrett eingeschlagen. Als mögliche Täter für das Einschlagen der Scheibe scheiden aus: Eduard Mathys. Er war über jenes Wochenende ortsabwesend, Verwandtentreffen in Solothurn. Das gleiche gilt für Ursula Vogt und Hans Gasser. Diese waren an einem Ball im Bottminger Schloss. Folglich müsste Frau Vogt einen Helfer gehabt haben, welcher die Scheibe mit exakt diesem Rollbrett eingeschlagen hätte. Dieser Helfer müsste doch mindestens teilweise ein Verbündeter gewesen sein. Dies sehen Sie doch auch so, meine Herren. – Sie zum Beispiel, Herr Daum, scheiden als Scheibenzertrümmerer ebenfalls aus, weil Sie kein Vertrauter von Frau Vogt waren!» scherzte der Kommissar. – Doch Adam Daum war nicht ums Spassen zumute. Er wirkte plötzlich sehr nachdenklich und geschlagen, als er gestand: «Herr Affolter, daran haben wir nicht gedacht. Das Einschlagen der Scheibe mit ausgerechnet diesem Rollbrett muss tatsächlich ein Verbündeter von Frau Vogt getan haben.»

Es herrschte nun minutenlang nachdenkliches Schweigen. Die Selbstmordtheorie forderte einen Mitwisser. Einen Mitwisser, der auch in den Plan gegen Eduard Mathys eingeweiht sein musste. Einen Komplizen, der geschwiegen hätte, wenn Eduard Mathys eines Mordversuchs wegen angeklagt worden wäre. Daran gab es nichts zu rütteln. Halbwegs enttäuscht verabschiedeten sich die vier Besucher. – «Herr Daum, hätten Sie noch einen Augenblick Zeit für mich?» lud der Kommissar diesen noch zu einem kleinen Meinungsaustausch ein.

Als die beiden alleine waren, blickte Max Affolter seinem Gegenüber fest in die Augen und sprach mit eiskalter Stimme die fast prophetischen Worte: «Sie, Herr Daum, sind dieser eigentliche Vertraute von Frau Vogt, obwohl sie es nie gewusst hat! Wann haben Sie diesen raffinierten Plan für den Mord an Frau Vogt ausgeheckt?» – Adam Daum hielt dem forschenden Blick des ihm geradezu unheimlich vorkommenden Kommissars schweigend stand. – Wenigstens leugnet er nicht, der Schöpfer dieses Planes zu sein, dachte der Kommissar für sich.

«Nun, Herr Daum, wer also ist der Vertraute von Frau Vogt gewesen, welcher ihr diesen – sagen wir von einem andern ausgeheckten – Plan zum anscheinend vorgesehenen, ihr bestimmt gelegen kommenden Verderben von Eduard Mathys unterbreitet hat? Wir kennen ihn beide, aber ich möchte den Namen von Ihnen wissen.» – Adam Daum begriff, dass der

Kommissar ihm helfen wollte und ihm dazu einen passablen Fluchtweg anbot. – «Herr Kommissar, ich würde Hugo Ledermann als denjenigen bezeichnen, der Frau Ursula Vogt diesen Plan zur Verdächtigung und eigentlichen Vernichtung von Eduard Mathys unterbreitet hat. Er könnte zum Beispiel auch derjenige gewesen sein, der die Scheibe des Tramhäuschens mit dem Rollbrett eingeschlagen hat. Frau Vogt könnte ihm ja das als Geschenk verpackte und über jenes Wochenende im Atelier aufbewahrte Rollbrett für diese Tat ausgeliehen haben. Sie und Hans Gasser hatten ein Alibi, eben jenen Ball im Bottminger Schloss. Der wirklich absurd erscheinende Geburtstagswunsch von Frau Vogt wäre damit auch erklärt. Eduard Mathys als Doyen musste das Geschenk überreichen. Es würde so alles irgendwie ins Bild passen. Finden Sie nicht, Herr Kommissar?» – Dieser antwortete nicht sofort. Vielmehr dachte er für sich: Es hätte nur noch gefehlt, dass Herr Daum die Glassplitter an der Nase des Rollbretts erwähnt hätte. Diese Splitter waren bestimmt ganz bewusst als Köder für eine aufzudeckende Spur so deutlich am Rollbrett belassen worden. War etwa der langjährige BVB-Angestellte, welcher die Scheibe ersetzen musste und bei der Befragung auf die Wahrscheinlichkeit, dass die Scheibe mit einem Rollbrett eingeschlagen worden sei, hingewiesen hatte, auch ein ohne sein Wissen engagierter Mitspieler gewesen? – An diese Möglichkeit hatte er bisher noch nie gedacht! Das war aber leicht abzuklären. Dieser BVB-Angestellte musste nur sagen, wann etwa er diesen Tip zum Einschlagen von Scheiben aus dem Demonstrantenmilieu erhalten hat. Wenn das erst kürzlich geschehen war, so bestand mit grosser Wahrscheinlichkeit ein Zusammenhang mit dem Falle «Ursula Vogt».

«Auch ich sehe diese Zusammenhänge so wie Sie, Herr Daum», antwortete jetzt der Kommissar. «Ich möchte Sie bitten, unser kurzes Gespräch unter vier Augen vorläufig für sich zu behalten! ‹Vorläufig› kann auch bis ins Grab bedeuten, nicht wahr, Herr Daum?» – Adam Daum dachte unwillkürlich an seine verstorbene Frau Priska, welche einem nicht näher zu beschreibenden Gefühl nach irgendwie Zeuge seiner jetzigen Begegnung mit Max Affolter geworden war. Wer andern eine Grube gräbt, fällt selbst hinein, oder im Klartext ausgedrückt: Ursula Vogt hatte sich das Grab selbst geschaufelt, ging es ihm durch den Kopf. Weiter dachte er: Wie hatte doch der Kommissar gesagt: Vorläufig kann auch für immer bedeuten! Das wollte er sich merken. Dies war er seiner Priska schuldig. Er hatte ihren Tod nach heidnischer Art gerächt und den Preis dafür mit seinem viele Nächte dauernden christlichen Gewissenskampf bezahlt. Dies war schon in der Bibel bei Jakob und Esau nachzulesen.

«Herr Daum, bevor Sie jetzt gehen, hätte ich mich noch gerne mit Ihnen über Herrn Peter Vogt unterhalten.» – Adam Daum war sofort bereit, dem Anliegen des Kommissars Folge zu leisten. Wir wollen hier nicht mehr verraten. Kommissar Affolter allerdings suchte nach diesem Gespräch Polizeidirektor Harzenmoser auf. Was er diesem in dem etwa einstündigen Gespräch mitzuteilen hatte, entzieht sich unserer Kenntnis.

Für Leser, welche von Neugierde getrieben und/oder vom möglichen Schlüsseziehen gelockt werden, möchte ich hier über eine zeitlich schon zurückliegende klammheimliche Hausdurchsuchung berichten. – Eilige Leser können die Seiten bis zum nächsten Kapitel überblättern. Der Täter oder die Täterin steht ja schon fest. Allerdings werden sie auf das Quasi-Miterleben dieser Hausdurchsuchung verzichten müssen.

Nun also zu dieser Begebenheit, welche am Freitag, dem 27. März, also vor knapp zwei Wochen, stattgefunden hat. Polizeidirektor Harzenmoser persönlich hatte diese Hausdurchsuchung angeordnet. Jedoch hatte er sich zuvor des langen und breiten mit Kommissar Affolter beraten. Dieser hatte ihn über den von ihm zwei Tage zuvor erkannten Täter informiert.

Diese Operation unter dem Decknamen «Basilisken-Eye» lief kurz vor acht Uhr morgens an. Vier alltäglich gekleidete, je eine prallgefüllte Mappe tragende Männer betraten einzeln in etwa zweiminütigem Abstand das Gebäude, in welchem sich Hugo Ledermanns Wohnung befand. Wie vorausgehende Erkundigungen ergeben hatten, war der Besitzer der Liegenschaft ein gewisser Signor Battilana. Dieser als sehr wohlhabend geltende

Mann weilte fast das ganze Jahr hindurch im Ausland. Er selbst besass auch eine Wohnung in diesem Gebäude, und zwar unmittelbar neben derjenigen von Hugo Ledermann. Die Polizei hatte die Pläne dieser Wohnungen samt Nebenräumen vorgängig genauestens studiert. Hugo Ledermann hatte sein Appartement kurz vor acht Uhr verlassen. Er musste sich ja wie gewohnt auf dem Arbeitsamt melden. Sobald er dort eingetroffen war, wurde die Operation «Basilisken-Eye» gestartet. Die Beamten auf dem Arbeitsamt hatten die Auflage, Hugo Ledermann so lange wie nur möglich hinzuhalten. Man sollte ihn dort zuerst einmal wegen seiner eventuell zu Unrecht erfolgten Arbeitslosenunterstützung stundenlang befragen. Für alle Fälle hatte Kommissar Affolter auch Polizeibeamte bereitgestellt, um Hugo Ledermann nötigenfalls sogar noch festzunehmen und ihn auf diese Art für Stunden zu neutralisieren. Kurz und gut, es waren alle Massnahmen getroffen worden, um sicherzustellen, dass Hugo Ledermann die Durchführung dieser Hausdurchsuchung nicht stören konnte.

Die vier obengenannten Männer wollen wir der Einfachheit halber in der Reihenfolge, wie sie das Haus betraten, als Nummer eins bis vier bezeichnen. – Nummer eins öffnete mit einem Spezialdietrich in weniger als einer Minute die Türe zu Hugo Ledermanns Büro-Wohnung. Er tat dies, ohne das Türschloss irgendwie zu beschädigen. Alle Geheimdienste der Welt wären auf eine solche fast an Magie grenzende Leistung stolz gewesen. – Sobald Nummer eins im Gang der Wohnung stand, entnahm er seiner Mappe eine Taschenlampe und eine Polaroidkamera. Dann schraubte er die im Gange angebrachten Sicherungen aus. Erst jetzt trat fast geräuschlos Nummer zwei ein. Die beiden Männer zogen ihre über ganz speziellen, luftdurchlässigen, hautengen, keine Faserspuren hinterlassenden Kunststoff-Overalls getragenen Strassenkleider aus und legten diese geordnet auf den Boden. Als Nummer drei eintraf, waren seine Kollegen schon mit Handschuhen und Chirurgenmasken zum bis ins Detail geplanten Einsatz bereit. Nummer eins betrat jetzt durch die einzige mit einer Klinke versehene Türe das Büro von Herrn Ledermann. Es bot den gleichen unordentlichen Anblick, wie wir dies schon vom ersten Besuch von Daniela Müller und Claudia Denner her wissen. Nummer eins machte nun ganz systematisch Polaroidaufnahmen dieser fast müllhaldenähnlichen Unordnung. Es galt alles im Bilde so festzuhalten, wie sie es beim Betreten der Wohnung angetroffen hatten. Genau in diesem Zustande sollte die Wohnung nach Beendigung ihrer Durchsuchung wieder aussehen.

Nummer vier war inzwischen ebenfalls eingetroffen. Er meldete über ein Funkgerät verschlüsselt, dass die Aktion gut angelaufen sei. Die vier waren froh, dass sie nicht mit einer Überraschung zu rechnen hatten. Hugo Ledermann wurde ja bis zur Beendigung ihres Einsatzes aufgehalten, und die Türglocke konnte wegen der herausgeschraubten Sicherungen auch nicht mehr klingeln. – Nummer zwei begutachtete die von Nummer eins erhaltenen Sofortbilder. Ab und zu verlangte er die Wiederholung einer Aufnahme unter einem leicht anderweitigen Gesichtswinkel. Eine Überraschung ergab sich, als beim Öffnen der unverschlossenen Schreibtischschubladen eine mustergültige Ordnung der darin aufbewahrten Sachen zum Vorschein kam. Alle erkannten, dass die grauenhafte Unordnung, welche überall im Büro herrschte, offenbar mit Absicht und nicht aus Unfähigkeit, Ordnung zu halten, oder gar aus mangelndem Ordnungssinn verursacht war.

Nummer eins machte Nahaufnahmen dieser Schubladeninhalte. Dann gingen er und Nummer zwei ins nächste Zimmer, um dort ihre Arbeit weiterzuführen. Hier herrschte wieder mustergültig Ordnung. Etwas, was eigentlich nur ein Psychiater für möglich halten kann. Nummer drei und vier durchsuchten inzwischen die mit Registern fein säuberlich gekennzeichneten Akten in den Pultschubladen.

Nummer drei, der etwa die körperlichen Ausmasse von Kommissar Max Affolter besass, nahm ein Hängemäppchen mit der Aufschrift «NADINCHEN» heraus. Er sichtete kurz die darin abgelegten Akten. Dann las er für die neben ihm stehende Nummer vier folgendes: «Nadinchen hat genug von ihrem Alten. Sie bittet Wullschleger um Rat für Beseitigung. Dieser gibt ihr die nötige Menge ‹Safran-Extrakt›. Der junge Einstein verabreicht ihm diesen Goldregen nach der Rückkehr einer Asienreise in einem Glase köstlichen Orangensafts. – Ende.» Darunter war das Datum vom April 1989 festgehalten.

Oder von einem nächsten Blatt: «Wulli hat Einstein getroffen und mit ihm einen Handel für den 7. April abgemacht.» Mit Datum März 1992.

Nummer drei und vier waren fasziniert ob dieser ihrer sensationellen Entdeckung. Sie schlossen, nachdem sie das Mäppchen «NADINCHEN» wieder zurückgelegt hatten, die bestimmt noch viele Geheimnisse bergende Schublade. Aber es galt hier vorerst einmal im Falle «Ursula Vogt» zuzuschlagen. Das Wort «Wulli», die baslerische Kürzung für Wullschleger, hatte Nummer drei am meisten gefallen. Jetzt war er ganz sicher, dass er mit seiner vor zwei Tagen postulierten Annahme recht gehabt hatte. Er rief Nummer eins, zwei und vier zu sich. Dann besprach er sich kurz mit ihnen.

Die vier Männer studierten nun anhand der mitgebrachten Wohnungspläne den Verlauf der Trennwände zur Wohnung von Signor Battilana. Schon bald fanden sie die hinter einem Drehklappbett versteckte Tapetentüre, welche zu diesem Appartement führte. Der dortige Zugang zur Wohnung war durch einen riesigen Wandschrank getarnt. Die vier Beamten betraten eben durch diese Schranktüre das sehr geschmackvoll eingerichtete Appartement von Signor Battilana. Nummer eins mit seiner Kamera trat wieder als erster in Aktion.

Für die Leser sei hier berichtet, dass die Beamten eine grössere Menge offenbar gestohlenen Schmuckes fanden, sie entdeckten auch eine riesige Bargeldsumme und einen auf Signor Battilana lautenden Diplomatenpass eines weitentfernten Landes. – Ferner, welch eine Sensation, je ein paar gefärbte Kunststofflinsen. Es war fast unheimlich, dieses Gläschen mit den einmal mit blauer Iris, das anderemal mit brauner Iris gestalteten Kontaktlinsen anzuschauen. Ein allfälliger Träger dieser Linsen konnte so seine Augenfarbe je nach Belieben braun, blau oder gar das eine Auge braun und das andere blau erscheinen lassen. Im

Diplomatenpass von Signor Battilana war vermerkt, wie sie feststellen konnten: «Augen: links braun; rechts blau.» – Als Leser erinnern wir uns jetzt, dass der Unbekannte vom inzwischen – am 7. April – erfolgten Treffen mit Hans Gasser genau solche Augen hatte. Folglich musste der damals in der Nähe des Badischen Bahnhofes angehaltene Herr XY mit Diplomatenpass Signor Battilana oder mit deutschem Namen Herr Wullschleger gewesen sein! Signor Battilana war auch der fast immer abwesende Wohnungsnachbar von Hugo Ledermann und der Hauseigentümer der hier involvierten Liegenschaft. Signor Battilana hatte sehr gepflegte Gesichtszüge. Er war glattrasiert. Hugo Ledermann jedoch hatte einen ungepflegten Schnurr- und Kinnbart und strähnige Haare.

Wir wollen jetzt die vier Beamten, welche die so erfolgreiche, heimliche Hausdurchsuchung durchführten, verlassen. – Hugo Ledermann, der ganz verärgert erst gegen Mittag nach Hause zurückkehrte, hatte keine Ahnung, dass seine Wohnung diesen Vormittag durchsucht worden war. Er hatte alles genau so angetroffen, wie er es verlassen hatte. Zum Glück hatte er keine überdurchschnittlich empfindliche Nase; denn sonst wäre ihm der vom Blitzlicht verursachte Ozongeruch aufgefallen und hätte ihn sicher misstrauisch gemacht.

XII. Das Geheimnis der Taschensonnenuhr

Am 13. April, also sechs Tage nach dem ominösen Treffen bei der Muba-Sonnenuhr, begab sich Kommissar Max Affolter in Begleitung der immer noch etwas abgespannt wirkenden Doris Jäggi gegen zehn Uhr zum Büro von Hugo Ledermann. Er war in bester Stimmung! Aus taktischen Gründen verzichtete er im Augenblick aufs Rauchen. Allerdings führte er – quasi als Beruhigung, nichts vergessen zu haben – seine Raucherutensilien in der Handtasche mit sich.

Hugo Ledermann empfing die unverhofften Besucher mit seinem Standardsatz: «Womit kann ich Ihnen dienen?» – Kommissar Affolter, den Hugo Ledermann offensichtlich nicht kannte, antwortete, ohne sich vorzustellen: «Herr Ledermann, wir haben ein kleines Problem! Ein Bekannter meiner Begleiterin hat Ihnen kürzlich eine Taschensonnenuhr verkauft. Nun hätten wir diese Uhr gerne wieder zurückgekauft, wenn dies möglich wäre! – Wir werden uns Ihnen gegenüber bestimmt erkenntlich zeigen und Ihnen tausend Franken für diese Uhr bezahlen. Sie haben sie ja für achthundert Franken eingehandelt, wie wir von unserem Bekannten erfahren haben. Nun, Herr Ledermann, könnten Sie uns freundlicherweise diese Uhr eventuell wieder beschaffen?» – Hugo Ledermann, der genau wusste, dass er diese Uhr für nur fünfzig Franken erworben hatte, liess sich durch den in Aussicht gestellten fetten Gewinn leicht ködern. – Sie sollten doch nächste Woche wieder vorbeikommen. Dann könne er Ihnen die Uhr übergeben. Momentan habe er sie einer Interessentin zum eventuellen Kauf angeboten.

Frau Jäggi mischte sich nun ins Gespräch ein: «Herr Ledermann, wir sollten die Uhr noch heute vormittag zurück haben! – Wenn ich Ihnen noch fünfhundert Franken extra bezahle, können Sie uns diese Uhr dann bis Mittag beschaffen?» – Hugo Ledermann überlegte kurz und sagte dann, dass er dies versuchen werde. Dazu müsse er sie kurz alleine lassen, um von einem nächsten Zimmer aus dieser Dame zu telefonieren. – Dann verschwand er in das angrenzende Zimmer seiner Wohnung. Er führte dort ein Telefongespräch mit Herrn Gasser. – Wir brauchen hier nicht speziell darauf hinzuweisen, dass dieser auf den Telefonanruf gewartet hatte. Die Taschensonnenuhr hatte er schon verpackt, um sie nach dem erfolgten Telefonanruf sogleich an Hugo Ledermann abliefern zu können.

Herr Ledermann kehrte nach kaum zwei Minuten, vergnügt die Hände reibend, zu seinen Besuchern zurück. Die Sache käme in Ordnung, meinte er irgendwie triumphierend. Glücklicherweise habe er diese Dame erreichen können. Sie schicke demnächst einen jungen Mann mit der Uhr hier vorbei.

Kommissar Affolter und auch Frau Jäggi freuten sich darob. Sie liessen sich aber nicht anmerken, dass sie den ganzen Sachverhalt bezüglich der Wiederbeschaffung dieser Uhr bestens kannten. – Max Affolter wusste mit Abstand am meisten über diese eigentlich ihm gehörende Uhr. Ein Bastler aus seinem Bekanntenkreis hatte ihm vor Jahren, zum fünfzigsten Geburtstag, diese Uhr als Geschenk nachgebaut.

Einer innern Eingebung folgend, hatte er, sobald er sich seit jenem 25. März über den Täter im Falle «Ursula Vogt» klargeworden war, entschlossen, die Uhr – quasi zu Markierungszwecken einer erkannten Spur – einzusetzen. Das auf den 7. April mit Hans Gasser vereinbarte Treffen fand ja bei einer Sonnenuhr statt. Es musste somit verlockend sein, eine so günstig erworbene und nicht leicht zu verscherbelnde Uhr an Hans Gasser als noble Geste mit dem erworbenen Hehlergut weiterzugeben. Auf Grund dieser Überlegungen hatte Max Affolter diese Uhr durch einen Bekannten für lumpige fünfzig Franken an Hugo Ledermann verkaufen lassen.

Zum Zeitpunkt, als er diesen Plan ausheckte, hätte er nie gedacht, dass der geplante Rückkauf dieser Uhr ihm dereinst noch zusätzlich eine unwahrscheinliche Gelegenheit bieten würde, den Fall «Ursula Vogt» zu lösen. Doch wir werden es ja bald sehen!

Hugo Ledermann begann nun, um die leidige Wartezeit etwas zu überbrücken, von diesem und jenem zu berichten. Es sei

Klasse von ihnen gewesen, wegen dieser Bagatellsache nicht zur Polizei zu laufen, sondern direkt zu ihm zu kommen. Mit ihm könne man über alles reden. – «Ah, übrigens, bezüglich der Polizei kommt mir gerade folgendes in den Sinn: ‹Ein Gymnasial-, ein Real- und ein Sekundarlehrer unserer Stadt hatten letzthin wegen zu schnellen Autofahrens eine Verkehrsbusse erhalten. Dieser Sachverhalt ärgerte sie so, dass sie versuchten, die Busse rückgängig zu machen. Als erster ging nun der Gymnasiallehrer zur Polizei. Nach drei Viertelstunden kam er geschlagen wieder zurück. Nichts zu machen, Freunde! – Als nächster ging nun der Reallehrer zur Polizei. Nach einer halben Stunde kam auch er unverrichteter Dinge zurück. Nun musste der Sekundarlehrer sein Glück versuchen. Schon nach fünf Minuten kam er wieder gutgelaunt zurück: Alles o.k. Wir können gehen. Ja, wie hast du das denn fertiggebracht? Keine Sache, die Polizisten gingen bei mir zur Schule!»

Max Affolter und Doris Jäggi lachten von Herzen über den gelungenen Witz. Dabei beugte sich der Kommissar so weit vornüber, dass Hugo Ledermann sehen konnte, was er während der ganzen Zeit auf einen auf seinem übergeschlagenen Bein liegenden Block gezeichnet hatte. – Hugo Ledermann erkannte auf dieser Porträtzeichnung Signor Battilana oder auch Herrn Wullschleger, je nachdem, welcher Name uns gerade beliebt.

Der Kommissar hatte dieses von Hans Gasser nach seinen Skizzen und den Teleaufnahmen der Polizei gemachte Porträt schon mitgebracht und nur zum Scheine daran herumgezeichnet. Hugo Ledermann war platt. War er in eine Falle geraten? Dieser und ähnliche Gedanken taumelten – schwer fassbar – in seinem Kopfe herum, so dass ihm schwindlig wurde. Doch es blieb ihm keine Zeit zum Überlegen, da die Türklingel schrillte und Hans Gasser, die verpackte Taschensonnenuhr in der Hand, im Sturme das Büro betrat.

Max Affolter zeichnete unbeirrt an dem Porträt von Signor Battilana weiter. Er schmückte so dessen Gesicht mit einem Schnurr- und Kinnbart wie auch strähnigen, in die Stirne fallenden Haaren. Man merkte sofort, dass durch diese einfache Veränderung aus Signor Battilana das Bildnis von Hugo Ledermann entstanden war. – Für die Leser: Max Affolter hatte das wirkungsvolle Ändern dieser Zeichnung vorgängig auf einer Unzahl Fotokopien bis zum Exzess geübt.

Mit Schrecken erkannte Hugo Ledermann, dass er sich in einer sehr unangenehmen Lage befinden musste! – Die Freundlichkeit und Freude seiner Besucher, die sich wieder im Besitze der Uhr befanden, war eventuell nur gespielt. Zum Glück hätte er im soeben eingetroffenen Hans Gasser einen heimlichen Verbündeten, auch wenn ihn dieser unter der jetzigen Identität noch nicht kannte, redete er sich ein. Sie wären also zwei gegen zwei. Zudem war in einem Falle eine Frau dabei! Folgerichtig bat er deshalb den jungen Mann, wie er sich ausdrückte, doch bitte Platz zu nehmen. Er habe anschliessend an diese Besprechung noch eine Aufgabe für ihn. Hans Gasser liess sich mühelos zum Dableiben überreden.

Frau Jäggi entnahm nun ihrer Handtasche 1500 Franken und wollte diese Herrn Ledermann übergeben. Da mischte sich der immer noch an seiner Zeichnung arbeitende Kommissar ein: «Wir wollen zuerst doch schauen, ob die Taschensonnenuhr komplett ist. Sie hat ja ein Geheimfach! Junger Mann, reichen Sie mir bitte diese Uhr!» Folgsam, wie ein Musterknabe, überreichte Hans Gasser die mitgebrachte Uhr dem Kommissar. Dieser verschob den Boden der Uhr durch eine Druck-Dreh-Bewegung im Gegenuhrzeigersinn. Dadurch liess sich das Geheimfach öffnen. Max Affolter entnahm aus diesem Versteck ein paar sorgfältig zusammengefaltete Zettel. Hugo Ledermann kam vor Verwunderung nicht zum Staunen heraus.

Doch jetzt müssen wir diesen Schauplatz in unseren Gedanken für eine gewisse Zeit verlassen. Die Zeit werden wir, bis wir wieder zurückkehren werden, stillestehen lassen.

Wie oben schon angetönt, hatte der Kommissar beim Kreieren seines Plans mit der Übergabe der ihm viel bedeutenden Erinnerungsuhr nicht im Traume an die Möglichkeit gedacht, welche ihm das Geheimfach nun bot. Doch wir werden jetzt miterleben, wie sich dies ergeben hat!

Max Affolter hatte sich, wie wir schon wissen, in den letzten Wochen ganz intensiv mit dem Falle «Ursula Vogt» befasst. In seiner Phantasie hatte er alle Rollen, also auch die des Täters sowie die des Opfers, durchzuspielen versucht. Wir konzentrieren uns jetzt auf den Mordfall «Peter Vogt». Max Affolter hatte überall Erkundigungen über Peter Vogt eingezogen. Auf diese Art hatte er erfahren, dass Peter Vogt während seiner letzten Lebenstage praktisch von allen Mitmenschen, mit Ausnahme seiner Frau, isoliert gewesen war.

Angenommen, Peter Vogt habe Verdacht geschöpft, dass er vergiftet worden sei, wie hat er wohl reagiert? Er hat doch sicher versucht, mit der Aussenwelt irgendwie Kontakt aufzunehmen. – Wie der Kommissar herausgefunden hatte, war damals die Telefonverbindung mit der Vogtschen Villa ausgefallen. Die in dieser Villengegend noch nicht im Boden verlegte Telefonleitung war durch einen herunterfallenden Ast zerrissen worden. Eine ins Gewicht fallende Sache, wenn man bedenkt, dass ein Todkranker im Hause lag und man doch jederzeit in der Lage sein sollte, einen Arzt zu erreichen. – Ferner hatte der Hausarzt dem Kommissar bestätigt, dass er Herrn Vogt während des letzten Lebenstages nicht mehr bei Bewusstsein angetroffen habe. Tags zuvor sei er zwar sehr schwach, aber geistig noch voll ansprechbar gewesen. Er hätte nie an eine Vergiftung geglaubt, sondern angenommen, dass Herr Vogt auf seiner Fernostreise irgend einen gefährlichen Virus aufgelesen habe und daran erkrankt sei.

Aus all dem schloss nun Max Affolter mit einer gewissen Wahrscheinlichkeit, dass Peter Vogt, falls er erkannt hatte, dass er von seiner Gattin vergiftet worden war, dies der Nachwelt mitteilen wollte. Vermutlich konnte er dies nur schriftlich getan haben. Denn der Kommissar konnte sich nicht vorstellen, dass dem todkranken Peter Vogt ein Tonband oder ein Diktiergerät zur Verfügung stand. Dafür hatte die eventuelle Mörderin Ursula Vogt bestimmt gesorgt.

Nach einer schlaflosen Nacht glaubte Affolter die Lösung gefunden zu haben. Zusammen mit Polizeidirektor Harzenmoser fuhr er in die immer noch versiegelte Wohnung von Frau Vogt.

Es galt diesmal den Scherenschnitt mit dem so makabren Spinnennetzbild auf der Rückseite näher zu untersuchen. Dass sich der Polizeidirektor persönlich um diese Aktion bemühte, zeigt, dass er die Idee seines Kommissars, nach einem möglichen Schreiben von Peter Vogt zu suchen, für ein vielversprechendes Unternehmen hielt.

Vor den Augen des Polizeidirektors entfernte der Kommissar die Weichplastikleisten, welche das Glas über dem Bild fixierten. Als er dann das Glas und das Spinnennetzbild herausgenommen hatte, kamen darunter höchst interessante Dokumente zum Vorschein. Harzenmoser und Affolter verschlangen den Inhalt dieser Papiere. Es war sensationell, was sie zu lesen bekamen!

Und nun lassen wir die Zeit wieder laufen! – Wir sind jetzt wieder in Hugo Ledermanns Büro zurück und erleben, wie der Kommissar aus dem Geheimfach der Taschensonnenuhr die sorgfältig zusammengefalteten Papiere, bei denen es sich – wie Sie richtig raten – nur um Kopien der im Scherenschnitt versteckt gewesenen Papiere handelt, eben herausgenommen hat.

Max Affolter begann nun zu lesen: «Ich, Peter Vogt, der ich mich von meiner Frau vergiftet weiss, will dem Leser dieser Zeilen mitteilen, dass diese mich heimtückisch umgebracht hat. Sie hat mir dies soeben triumphierend gestanden, nachdem sie sich zuvor von meiner Gehunfähigkeit überzeugt hatte. Ich bin also nicht an einer Virusinfektion erkrankt, wie mein Hausarzt diagnostiziert hat und ich bisher geglaubt habe.

Als Motiv für ihre Tat nannte sie den von mir kurz vor unserer Asienreise geschöpften und ihr gegenüber auch ausgesprochenen Verdacht, dass sie eine Hehlerin sei. Da dies wirklich den Tatsachen entspreche, obwohl sie es damals mir gegenüber bestritten hätte, habe sie mich beseitigen müssen. Zu diesem Zwecke habe sie kurzfristig diese Asienreise für uns beide gebucht. – Ferner fragte sie mich, ob ich nie darüber nachgedacht habe, weshalb sie als attraktive, junge Frau einen ...» – Der letzte, unvollendete Satz war durchgestrichen. Der Text ging so weiter: «Die Angestellten seien zu doof, um auf ihre Hehlerrolle zu kommen. Auch könne ihr nie etwas passieren, weil sie dem Lieferanten des heimtückischen Giftes, eines Mykotoxins, also eines Stoffwechselproduktes von Schimmelpilzen, welches sowohl das Tiefgefrieren wie auch das Kochen übersteht, erzählt habe, dass Hans Gasser mich mit diesem ‹gelben Regen› vergiften würde, weil er, als mein Nebenbuhler, freie Bahn haben wolle. Welch eine teuflische Aussage!» – Max Affolter hielt einen Moment inne und schaute in die Runde. Hugo Ledermanns Gesicht war aschfahl geworden! Er zitterte am ganzen Körper, doch der mitleidlos scheinende Kommissar tat so, als ob er dies nicht bemerken würde, und fuhr weiter, indem er ein weiteres Papier in die Hand nahm:

«Nun ist der alte Tölpel tot! Er hat gemeint, dass ich sein letztes Schreiben nicht finden würde. Dabei hatte ich mit Absicht Papier und Bleistift bei seinem Bett zurückgelassen. Natürlich habe ich die dort hingelegten Zettel zuvor genau gezählt! Ich hatte ihm alles triumphierend gestanden! Nach seinem Tode habe ich dann die beiden fehlenden Seiten des Notizpapiers so lange gesucht, bis ich sie gefunden habe. Erst nachher habe ich den Arzt avisiert, um den Tod meines ‹so innig geliebten Gatten› zu melden. Er hatte seine letzten Zeilen in seinen Bettsocken versteckt gehabt! – Es war ein diabolischer Genuss, als ich diese lesen konnte! Es kam mir wieder in den Sinn, wie er erschrak, als ich erzählte, dass ich ihm das Gift mit seinem so geliebten Safranreis, welchen ich ja nicht essen mag, verabreicht habe. Zum perfekten Rachegenuss liess ich ihn dann wissen, dass ich dem Giftlieferanten mitgeteilt habe, dass Hans Gasser, mit welchem ich seit einiger Zeit ein Verhältnis hätte, ohne mein vorheriges Wissen ihm das Gift mit Orangensaft verabreicht habe. Mit Orangensaft, dass ich nicht lache, etwas, was er ja nie mochte und kaum je freiwillig getrunken hat! Doch wer weiss das schon!»

Max Affolter nahm sofort ein anderes Blatt zur Hand. Diesmal las er den uns seit der klammheimlichen Hausdurchsuchung bei Hugo Ledermann bekannten Text vor. Jetzt erfasste dieser, dass er entlarvt war! Er musste sofort handeln! – Todesmutig kontrollierte er seine Gefühle und bat, rasch eine Erfrischung holen zu dürfen. Im Nu kam er mit vier Gläsern Orangensaft zurück. Er goss die vier Gläser voll und offerierte sie seinen unheimlichen Gästen.

Als erster ergriff Max Affolter sein Glas und prostete wie ein absoluter Naivling Hugo Ledermann zu. – Es war das uns allen bekannte grausame Katz-und-Maus-Spiel! – Dabei musste er niesen und verschüttete sicher das halbe Glas Orangensaft auf den Boden. Kein Tropfen war dabei auf seine Hand oder seine Kleidung gespritzt. Affolter entschuldigte sich für dieses Missgeschick. Hugo Ledermann verschwand blitzschnell, um ein Aufwischtuch zu holen. Auch er hatte bisher noch keinen Schluck Orangensaft getrunken.

Doris Jäggi und Hans Gasser, der bis zu diesem Zeitpunkt, so getan hatte, als ob er überhaupt niemanden der Anwesenden kennen würde, benützten die kurze Abwesenheit von Hugo Ledermann, um einen Grossteil ihres Orangensaftes in einen Behälter mit dürren Blumen zu giessen. Als Hugo Ledermann wieder zurückkam, fragte ihn Doris Jäggi, den Mund geniesserisch verziehend, wo er diesen herrlich mundenden Orangensaft gekauft habe? Hugo Ledermann sagte, er gehe rasch die Packung holen, um ihr diese zu zeigen. Dann verliess er das Büro.

Die drei Zurückgebliebenen schauten sich vielsagend an und diskutierten zum Scheine das letzte Tagesgeschehen, wie es ihnen aus der heutigen Zeitung bekannt war. Der Kommissar schaute mehrmals auf die Uhr. Hugo Ledermann liess lange auf sich warten. Es waren sicher schon mehr als zehn Minuten verstrichen, seit er das Büro verlassen hatte, um angeblich diese Packung des Orangensaftes zu holen. – Plötzlich erschien Paul Märki im Büro: «Herr Kommissar, Hugo Ledermann alias Herr Wullschleger oder Signor Battilana hat sich selbst gerichtet. Er ist tot! – Zyankali!» – Die Anwesenden waren perplex. Sie erhoben sich sofort und verliessen bedrückt diesen unheimlichen Ort.

Kommissar Max Affolter begleitete Paul Märki in die nebenanliegende Wohnung von Signor Battilana. Seine ganze Crew mit Ausnahme von Fräulein Susi Höfler, seiner langjährigen Sekretärin, war dort versammelt. Der Gerichtsarzt und weitere Leute waren schon avisiert worden.

Paul Märki erzählte seinem Chef, dass sie hier in der Wohnung auf den wie erwartet flüchten wollenden Hugo Ledermann gelauert hätten. Als dieser dann durch die Schranktüre, wie sie auch uns seit jener heimlichen Hausdurchsuchung bekannt ist, die Wohnung betreten habe, hätte er sie entdeckt und sei sofort wieder in den Schrank zurückgeflüchtet, fast wie ein alter Fuchs in seinen Bau. Den Schrank habe er sofort von innen verriegelt und sich dann offenbar mit Zyankalikapseln selbst vergiftet. Jedenfalls sei jegliche Hilfe zu spät gewesen! Als sie den Schrank aufgebrochen hätten, wäre Hugo Ledermann schon tot gewesen.

Der von Hugo Ledermann vor knapp einer halben Stunde seinen letzten Besuchern offerierte Orangensaft war, wie sich bei der späteren Laboruntersuchung herausstellte, tatsächlich vergiftet gewesen. Das darin von Spezialisten nachgewiesene Gift war T_2-Toxin, ein Mykotoxin, welches auch unter dem Namen «gelber Regen» schreckliche Erinnerungen weckt und seinerzeit von Hugo Ledermann unter seiner Identität als Signor Battilana an Frau Vogt zur Vergiftung ihres Gatten geliefert worden war.

Eine Woche später, es war Ostermontag und ein herrlich strahlender Tag, genoss Max Affolter, zusammen mit seiner Gattin, im uns jetzt bekannten Dornacher Gartenhäuschen das «Dolce far niente».

Max eröffnete seiner Frau, dass er jetzt wieder mehr Zeit für sie haben werde, weil der Fall «Ursula Vogt» gelöst sei! – Ferner bekomme er demnächst zu seiner Entlastung noch einen zusätzlichen Mitarbeiter. Dies sei eine direkte Folge des eben abgeklärten Kriminalfalles! Frau Affolter schien dieses Versprechen mit gemischten Gefühlen aufzunehmen, wie ihr kurzer, auf Lebenserfahrung beruhender Kommentar: «Das ist ja fein, Max!» zum Ausdruck brachte. Dann genossen die beiden von Herzen vergnügt den herrlichen Frühlingstag.

Am nächsten Tag zelebrierte Polizeidirektor Harzenmoser in einer perfekt organisierten Medienkonferenz die Lösung des Falles «Ursula Vogt». – Er hatte sich über die Ostertage den

Abschlussrapport von Kommissar Max Affolter und Mitarbeitern gründlichst zu Gemüte geführt. – Affolter war schon ein Talent als Kriminalkommissar! Dies trotz seinem Alter. An jenem 25. März hatte dieser im Prinzip den Fall gelöst! Er hatte den nur ihm bekannten Plan bezüglich des Vorgehens zur Aufklärung des Falles «Ursula Vogt» zerrissen und statt dessen den Namen des Täters festgehalten. Der Täter war eine Frau! Es war Ursula Vogt, die ungewollt Selbstmord beging, als sie versuchte, durch den vorgetäuschten Mordanschlag gegen sie Eduard Mathys zu erledigen.

Es gab da noch einige erst im nachhinein verständliche Tatsachen in diesem höchst verzwickten Kriminalfall. Aus den minuziösen Aufzeichnungen der abartig veranlagten Frau Vogt ging alles klar hervor. Sie hatte ihre Rolle – im übertragenen Sinne – zeitlebens als allmächtige Spinne gesehen, welche bildlich ausgedrückt alle Fäden in den Händen hielt, um die ihr missliebigen Personen zu umgarnen.

Mit grenzenloser Bosheit, heimtückischer List und meisterhafter Verschlagenheit köderte sie jeweils ihre ahnungslosen Opfer ins verderbenbringende Netz. Aus ihren umfangreichen, hinter dem Scherenschnitt von Walter von Gunten entdeckten Aufzeichnungen ging alles klar hervor, angefangen vom Computerpasswort «Goldregen», welches sie an die Beseitigung ihres Gatten erinnerte, über ihr uns bekanntes Vorgehen gegen Chantal Tomasetti, Alice Christen, Werner Abt, Adam Daum und Eduard Mathys. Der verschobene Zahnarzttermin von Herrn Mathys war natürlich das perfide Werk von Frau Vogt. Damit wollte diese die Möglichkeit für das theoretische Gesehenwerden von Eduard Mathys durch Hugo Ledermann beim angeblich abgemachten Treffen mit ihr am Claraplatz sicherstellen. Doch auch hier wurde ihr von der BVB ein Strich durch die Rechnung gemacht. So wenig, wie sie mit dem Überfahrenwerden durch den BVB-Bus gerechnet hatte, so wenig konnte sie sich die Verschaffung eines Alibis für Eduard Mathys durch das Einziehen von dessen Umweltschutz-Abonnements durch BVB-Kontrolleure vorstellen.

Die Bekanntschaft mit Hugo Ledermann alias Signor Battilana oder Wullschleger hatte Ursula Vogt als ein zufälliges Eingehen von ihr auf einen vagen, aber sicher gutgemeinten Ratschlag von Signor Battilana angesehen. Dieser hatte ihr bei einem Goldregen-Treffen – als sie einmal ihre Besorgnis wegen Eduard Mathys erwähnte – gesagt, dass es einen ganz gerissenen Kerl gäbe, welcher ihr bestimmt helfen könnte, sie von ihrem argwöhnischen Mitarbeiter zu befreien. Den Namen wisse er zwar im Moment nicht mehr, aber er werde ihr diesen nächstens mitteilen. Im weiteren hatte der diskrete Signor Battilana seinem Original-«Nadinchen» versichert, dass er die ganze Angelegenheit sofort wieder vergessen werde! Er hatte sich später auch nie mehr erkundigt, ob eine Zusammenarbeit mit Hugo Ledermann zustande gekommen war. Als ein und dieselbe Person wusste er dies ja genauestens. Dass Adam Daum auf Hugo Ledermann und seine umstrittenen Dienstleistungen aufmerksam wurde und dessen Rolle im Solde von Frau Vogt erkannte, war auf eine Zufallsbegegnung in einer Kneipe zurückzuführen. Adam Daum hatte dies Kommissar Max Affolter mindestens so erzählt!

Die Rechtsanwältin Doris Jäggi war für die ihr zugedachte Dienstleistung ganz alleine von Frau Vogt ausgewählt worden. Auf die Beweggründe für diese Wahl soll hier nicht näher eingegangen werden.

Adam Daum und all die übrigen uns bekannten noch lebenden Opfer von Frau Ursula Vogt, mit Ausnahme von Alice Christen, waren zur heutigen Medienkonferenz von Polizeidirektor Harzenmoser erschienen.

Eduard Mathys sonnte sich mit Frau Denise und Sohn Adrien im Glanze der für ihn so schmeichelhaft präsentierten Rolle des unschuldigen Opfers! Hans Gasser und seine Freundin Doris Jäggi waren froh, dass ihre – wagen wir zu sagen – Verdienste kaum erwähnt wurden. Hans Gasser hatte ja das Hehlergeschäft auffliegen lassen. Auch Doris Jäggi hatte ihren Denkzettel fürs Leben mitbekommen.

Adam Daum schliesslich, welcher in den Fall «Ursula Vogt» viel tiefer verwickelt war, als dies andern bekannt war, dankte insgeheim dem Kommissar für die nie gestellten Fragen. Letzterer nahm an dieser Pressekonferenz nur passiv teil. Seine Gedanken kreisten um einen seit Jahren noch unaufgeklärten Kriminalfall aus der Regio. Dank der bei Hugo Ledermann sichergestellten Kartei wussten er und einzig noch Polizeidirektor Harzenmoser um die mutmassliche Identität dieses Massenmörders. Der Polizeidirektor hatte ihm nur deswegen einen weitern Mitarbeiter zugeteilt. Er war entschlossen, seinen besten Kommissar auf die Spur dieses noch nicht überführten Verbrechers zu setzen. Wenn es einem Fahnder gelingen konnte, diesen Täter noch vor der Verjährung seines scheusslichen Verbrechens zu überführen, so war dies bestimmt sein pfeifenrauchender Kommissar aus dem Totengässlein Nummer 1.